徒然草をよみなおす

小川剛生 Ogawa Takeo

★——ちくまプリマー新書
360

目次 ＊ Contents

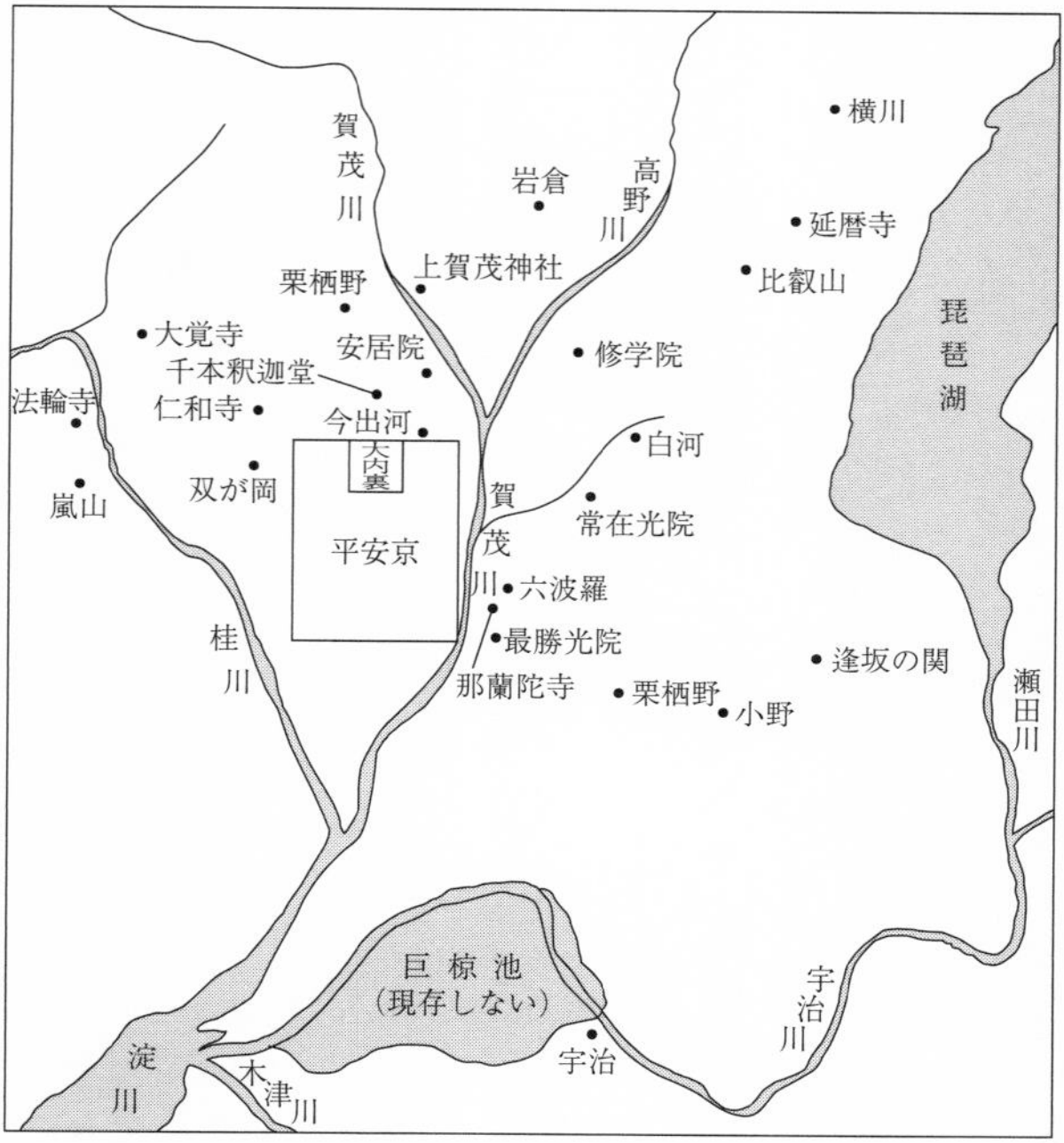

図1　京都周辺図（稲田利徳・山崎正和『方丈記・徒然草』新潮社より作成。（元図作成・稲田利徳））

はじめに

これから徒然草《つれづれぐさ》を読もうとする人、あるいはもう読んだことのある人も、文学史の教科書などで、このような解説を目にした記憶があると思います。

「徒然草は随筆であり、序と短い二四三の章段からなる。内容は多岐《たき》にわたるが、無常観を主題とする。無常観の支配した中世は、文学もそのような思潮に色濃く染まった。心ある知識人は、いちはやく無常を察知して出家を遂げ、いわゆる遁世者《とんせいしゃ》として過ごした。徒然草はそのような遁世者の手になり、無常観を美学にまで高めた、中世文学を代表する傑作である。」

作者兼好法師《けんこうほうし》は遁世者であり、徒然草はその生活美から生まれ出た文学作品であるというわけです。

この作品こそ、中世の遁世者の像を形作ったとも言えそうです。たとえば、官職や栄典そのほか、社会的地位を辞退する。主人や家族をはじめ係累《けいるい》とは縁を切る。財産を持たず、山林に入り、粗末な草庵《そうあん》を結んで暮らす。こういった生活を徒然草はことあるごとに賛美し、それを実践せよ、と強く述べます。

ところが、ここに大きな矛盾があります。遁世の目的は仏道の修行です。時間は有限、世情は不穏、まさに無常ですから、生きている間に修行に励んで悟りを得なければなりません。ならば、仏教とは無関係な知識や活動は修行の邪魔です。文学活動などは徹底して排除しなければなりません。

西行《さいぎょう》、長明《ちょうめい》、兼好、いずれも「無常」に触発され、「遁世」を遂げた文学者たちです。矛盾と見える文学活動は人間らしい弱さだとして、肯定的にとらえることもでき、それが人々を惹《ひ》きつけます。とはいえ、彼らが実にしたたかな人間であったこともまた事実です。だいたい、中世における「無常」を、世の不条理と言い換えれば、それは現代にだって充《み》ち満ちています。

鎌倉時代でも、そんなに簡単に「世の中を捨てる」ことはできません。私たちがいくら辛《つら》いからといって、おいそれと学校や勤め先を辞めることができないのと同じです。社会人ならば、収入が断たれれば一家ともども路頭に迷うでしょうし、肩書きがなくなれば信用も失ってしまいます。当然躊躇《ちゆうちよ》し、たいていの場合、断念することでしょう。もちろん、すべてを捨ててしまった人もいるでしょう。しかし、兼好をはじめ、現在も知られている遁世者が、ほんとうに世を捨てていたならば、名前などは残らないはずです。現実の兼好の生涯は、とても修行一途《いちず》などとは言えません。むしろ遁世後に、大いに俗世に出て活躍した人です。兼好の「遁世」とは、ありていにいえば渡世の方便であり、もっとドライに受け止めてよいように思います。

遁世者は、それまでとは違う形で世の中に深く関わっていたと考えるべきで、時代もそういう人たちを必要とした、と言ってよいと思います。俗人でいた時の肩書き、血筋、経済力、すべてがそのまま反映されました。現代でも、会社を退職して独立する人がいたとしても、古巣での人間関係を捨てて成功することが稀《まれ》であるのと一緒です。

そうすると、兼好を遁世者と見ること、徒然草を無常観の文学と評価することは、少なくともそのまま受け取るのは、あまりに素朴で感傷的に過ぎないか、という疑問が生じます。兼好は生活に十分な余裕があったからこそ、無常や遁世を説いたのではないでしょうか。

もちろん、徒然草の語る無常も遁世も、後世の読者の限り無い共感を誘ってきました。とくに、群衆のうちの孤独に懊悩《おうのう》し、すべてを捨てて自由に生きることを夢想する、近代人の琴線《きんせん》に触れたのは間違いないところです。さらに徒然草のそういう章段が国語教科書にまで取り上げられて、国民的な教養となってしまった事実もあります。でも、そのような読み方にはせいぜい百年程度の歴史しかないのです。

ついでにいえば、同じように「随筆」というジャンルも、やはり近代に、とくに西洋の文学に接してから言われるようになったことです。「随筆」という語は、中国では宋代《そうだい》からありますが、兼好が意識していたかは分かりません。少なくとも近代人が考えるエセーを想定し、そのなかで優れているとか先駆的とかいっても、その視点を持っていない人間には無意味です。

古典は最初から古典であったわけではありません。いったん忘れられた後、誰かが価値を「再発見」します。隠された「作者の意図」が注釈書によって明かされ（本当に正しいかどうかは分からない)、世の中に迎えられるのです。だから、その時代の価値観によって、評価は変わります。すると「無常」や「遁世」というキーワード、「随筆」というジャンル認定からそろそろ一旦は離れてもよいのかと思います。まずできるかぎりは兼好その人、およびその時代に戻して、読んでみたい、と思うのです。

本書では、通説的な読み方にはあまりとらわれずに、新しく掘り起こした兼好像に基づいて、徒然草の特徴的な章段を読みたいと思います。

みなさんが習って来た解釈とは相当に異なるはずですが、むしろ徒然草のどこが面白いのかよく分からなかった人に読んで欲しいとも思います。

もし、ここで見られる兼好の思考や足跡を辿《たど》ってみて、なんだ、この人も別に社会に不適合であったわけではないし、超然として説教を垂れていたのではなく、あるいはまた、徒然草はそんなに辛気《しんき》くさいものでも斜に構えたものでもない、と思っていただければ十分ですし、さらには七百年前、兼好の生きた時代も社会も、先の見えない混迷の深さでは、現代も大して違いはないと感じて、なんらかの示唆を汲《く》み取っていただければ、著者としてはたいへんに嬉《うれ》しいことです。

本書では、徒然草をはじめ古典作品は、まずは現代語訳を掲げて、原文をその後に置きました。和歌では原文を先に掲げました。徒然草の本文および現代語訳は、『新版徒然草　現代語訳付き』（角川ソフィア文庫）によりました。

数多くの注釈書・著書・論文から学恩を受けています。この書物の性格上、いちいち挙げられませんでした。ただ、より深く知りたい人のために、一部の章では、取り上げられた話題事柄について理解を深める書物を示しています。一般書があれば、刊行が少し古いものでも努めて挙げるようにしました。

二〇二〇年四月八日

著者しるす

第一章

かくてもあられけるよ

事実か虚構か

気軽な読書であれば、何をどこから取り上げてもよいのですが、徒然草《つれづれぐさ》の徒然草らしい章段から始めたいと思います。同時に、章段を単独で取り上げるのではなくて、前後の段を連続して読むとよい、ということもあわせて述べます。しばしば教科書にも掲載される、一一段です。

初冬十月ころ、栗栖野《くるすの》という所を通って、ある山里に人を尋ねて入っていったことがありましたが、どこまでも続く苔《こけ》の生えた細道を踏み分けて行くと、物寂しげに住んでいる庵《いおり》があった。木の葉に埋もれる懸樋《かけひ》から滴《したた》る雫《しずく》のほかには、音を立てるものもまるでなかった。仏供《ぶく》を置く棚に菊や紅葉などを折って適当に置いてあるのは、それでも住む人がいるからなのであろう。こんな状態でも人は生きていけるものだよと感慨深く見ているうちに、向こうの庭に、大きな蜜柑《みかん》の木で、枝もたわむほどに実をつけているものがあり、その木の周りを厳重に囲っていたのには、少し興《きょう》が醒《さ》め、この木が無かったらと思えたことである。

（神無月《かみなづき》のころ、栗栖野といふ所を過ぎて、ある山里にたづね入ること侍《はべ》りしに、遥《はる》かなる苔の細道をふみ分けて、心ぼそく住みなしたる庵あり。木の葉に埋もるる懸樋のしづくならでは、つゆおとなふものなし。閼伽《あか》棚《だな》に菊・紅葉など折り散らしたる、さすがに住む人のあればなるべし。かくてもあられけるよとあはれに見るほどに、かなたの庭に、大きなる柑子《かうじ》の木の、枝もたわわになりたるが、まはりをきびしく囲ひたりしこそ、少しことさめて、この木なからましかばと覚えしか。）

いかにも遁世者《とんせいしゃ》の生活を描いていて、たしかにこういう日常があっただろう、と思わせる段です。オチも明瞭です。

ただ、このような段から何を読み取ればよいかは、必ずしも明確ではありません。これは、同時代の読者には自明のことでも、いまとなってはつかめない事柄が多いからです。

そこで、この段に現れる唯一の固有名詞、「栗栖野」を手がかりにします。

栗栖野は京都近郊の地名です。しかし複数あり、有名なものでも、現在の北区西賀《にしか》茂《も》・鷹峰《たかがみね》の辺り（旧愛宕郡《おたぎぐん》）、および東山区山科《やましな》附近（旧宇治郡《うじぐん》）にそれぞれあります。山科には、兼好《けんこう》が一部の権利を所有していた小野荘という荘園《しょうえん》があり、栗栖野はその手前なので、従来の注釈書では、この栗栖野は山科のそれであり、兼好は居住していた小野荘に出向くとき通過したのだ、と説明していたのです。

しかし、この山科小野荘と兼好との係わりは、かつて力説されたほど深くはありません（たぶん投機目的で、複数所有していた不動産の一つに過ぎず、兼好自身は現地支配に携わらず、住民からの地代を収益としていました。住んだことはありません）。よほどそれに都合がよい史料があれば別ですが、伝記的事実と無理に結びつける必要はないようです。

そもそも、この一一段、いかにも実際に見聞したような筆致《ひっち》ですが、経験をそのまま伝えようとしたものではありません。「迫真のルポ」などという謳《うた》い文句に狎《な》れた私たちは、書かれた文章は、ともかく事実であることを重視し、実際に経験したからこそ価値がある、と考えがちです。しかしそれは現代のように情報を垂れ流している社会のことで、前近代の社会では、個人の経験にそんな価値はありません。なぜなら、他人のことなんか、よほど親しい人でない限り、何も知りませんから。まして文学作品は、いちおう不特定の読者数を想定しているとすれば、考えたこと経験したことを、文飾《ぶんしょく》なしに記すことはまずありません。当時の文章は、発信する人間も機会も極めて少なかったことを思えば当然ですが、必ず作者の思考のフィルターを通した再構成、つまりなんらかの美化や脚色が働いているものです。そのためにたとえば自分の主張と同じようなことを述べている古典などによりどころを求め、その一節を引用したりします。また使われる語彙《ごい》も、無造作な使用はありえず、選択や組み合わせに工夫や配慮があったはずです。こうしたレトリック（文飾）を駆使するのは、自分の主張が決して個人のものではなくて、もっと公共的な価値観を共有するものなのだ、と読んで納得してもらうためであったからです。

　言葉は社会的、あるいは文化的な使われ方をするものですから、当然、文字通りの意義のほかにも、さまざまな含意があり、喚起されるイメージがあり、言ってみれば物語をしのばせています。当時の読者には、こうした含意や物語の方こそ親しいもので、とくに文章を記すときにはこれを利用することが腕の見せどころでした。

これが最も高度に働くのが和歌です。三十一字に圧縮された世界で、言いたいことを伝えなくてはいけませんから、和歌で用いられる言葉（歌語）の働きは最も効果的になるよう慎重に選択されているはずです。わけても地名は最も効果的に使われなければなりません。それがいわゆる歌枕《うたまくら》です。

歌枕とは、古くから和歌に詠まれて来た地名のことですが、必ず決められたパターンに沿います。たとえば、吉野山《よしのやま》は大和国（奈良県）の歌枕ですが、雪が深い奥山と詠まれ、さらに桜の咲く場所としてとらえられました。しかも吉野は古代から政治的敗者が身を隠す土地でもあったので、さまざまな物語を帯びています。作者が吉野山という歌枕を使えば、読者はおのずとその背景を察知しなければなりません。同じように更級里《さらしなのさと》といえば、信濃《しなの》国（長野県）の歌枕ですが、古くから美しい月が詠まれ、そこに棄老《きろう》伝説（隣接する姨捨山《おばすてやま》の、オバステ、というネーミングからの連想）が結びつきました。つまり、繰り返し詠まれて共有され、定着した意味合いこそ大事で、現地の風土や地形はほとんど関係ありません。とくに中世の和歌では、たとえ歌枕を詠んでいても、現地に旅した経験を伝えるものではない、といってよいでしょう。

「栗栖野」のイメージ

この一一段の、切りつめられた無駄のない文章のうちでは、「栗栖野」もまた、歌枕のごとき働きをしていると考えるべきです。そうすると、古来、和歌で詠《よ》まれたり、物語に登場するのは、愛宕郡の栗栖野の方でして、しばしば「栗栖《くるす》の小野《おの》」という形で好まれていました。現在は市街地からもさして遠いところではありませんが、しかし、この「栗栖の小野」は、古くは禁野、つまり皇室所有の狩場でした。さらに中世にはそれは過去の記憶となり、この歌枕を詠む和歌では、狩猟に好適な季節ということで晩秋から初冬の、枯れた薄《すすき》や荻《おぎ》が取り合わせられ、さらに時雨・霜・雪も加わり、荒涼たる風景がひろがる山野のイメージが定着していきました。

たとえば、兼好の友人で和歌四天王（五六ページ）の一人であった頓阿《とんな》という歌人は、

けふははや鳥立《とだち》も見えず暮れにけりまたや栗栖の小野の御狩場《みかりば》（草庵集《そうあんしゅう》・冬・八

一四）（今日は早くも鳥立も見えなくなるほど日が暮れてしまった。明日また来ることにしようか、この栗栖野の狩場に）

と詠んでいます。歌会で「夕鷹狩《ゆうべのたかがり》」という題で詠んだもので、もちろん現地に行ったわけではありません。鳥立とは狩場に鳥が集まるよう作った枯れ草や水辺のことです。「くるす」に「来る」を掛詞《かけことば》にしたのは言語遊戯的ですが、とっぷり暮れてひとり残された、晩秋の広々した荒野の風景は、過去に培《つちか》われて来た歌枕「栗栖野」のイメージを前提にしています。

作者も読者もこのことを踏まえていなければいけません。その上で、一一段の真の舞台は、寂しく広大な栗栖野からさらに奥に入った山あいです。そんなところにもし庵があれば、隔絶された秘境となり、住んでいるのはよほど世間を避ける人物でしょう。兼好は目をやり、その好ましい住居を描きます。しかし、「栗栖野」がイメージだとすれば、この描写もたぶん実景ではなく、観念的な草庵での生活であると言えそうです。

そして遂《つい》に「かくてもあられけるよ」という感慨に浸ります。兼好自身はとてもここでは生きていけない、という歎息《たんそく》なのでしょう。遁世《とんせい》はしてみたものの、俗世間から完全に離脱した生活を営み得ない自身への歎《なげ》きです。

こうやってまだ姿を見ない住人への共感、思慕が頂点に達したところで、ふと視線を庭にずらすと、大きなミカンの木があり、枝もたわわに実がなっていて、盗難を警戒してでしょう、厳重に柵で取り囲んでいたのが目に入ります。住人の俗物性が露《あら》わになってしまい、「少しことさめて」、あっという間に幻滅した、というわけです。

連想の糸でつながる章段

さてそれでは、この段は、いったい何が言いたかったのでしょうか。たとえば現代、田舎暮らしを求めて地方に行った都会の人間が、山中で一軒家を見て、その不便さに感動していると、軒下に監視カメラがあったから興ざめした、くらいに受け取られるかも知れませんが、それでは少し浅薄《せんぱく》に過ぎ、真意はもう一段深いところにあるでしょう。つまりは兼好が理想とした遁世――人間も生活も――は現世では得られないのだ、という思いなのだと思います。

これを確かめるためには、つぎの一二段とあわせて読む必要があります。原文から示します。

同じ心ならん人としめやかに物語して、をかしきことも、世のはかなきことも、うらなく言ひ慰《なぐさ》まんこそうれしかるべきに、さる人あるまじけれど、つゆ違《たが》はざらんと向ひゐたらんは、ただひとりある心地やせん。

たがひに言はんほどのことをば、「げに」と聞くかひあるものから、いささか違ふ所もあらん人こそ、「我はさやは思ふ」など争ひ憎み、さるから、「さぞ」ともうち語らはば、つれづれ慰まめと思へど、げには、少しかこつ方も我と等しからざらん人は、大方のよしなしごと言はんほどこそあらめ、まめやかの心の友には、はるかにへだたる所のありぬべきぞ、わびしきや。

もしこの一二段だけを読んだならば、唐突で難解に感じます。しかし、直前の一一段で、自分の理想とする人もいない、理解してくれる人はいない、という思いを抱いて、この段を読むとどうでしょうか。そのつもりで、文の順番を入れ替え、（　）内に言葉を補ってみました。

（さて閑居の生活では、）同じ考えの人としんみり話し合って、面白いことであれ、世の無常であれ、隔てなく会話して慰められたらさぞ嬉《うれ》しいであろうが、（もし）考えが寸分違わない人と対座していたら、もっともそんな人はいるはずはないけれども、やはり、たった一人でいる気持ちになってしまわないか。

（いっぽうで）いささか違う物の考え方をする人とは、お互い是非言いたいようなことがある時、（相手の意見に）「なるほど」と聞くくらいの価値はあっても、「私はそうは思わない」などと反対し口論するもので――それでも（後になって）「そうであったか」と打ち解けて語り合えば、無聊孤独《ぶりょうこどく》も慰められるだろうとは思うが――実際、些細《ささい》な不満を覚える事柄でも自分と同じでない人は、通り一遍の話をしている間はよいものの、分かり合えるところまでは届かず、真実の心の友とは、遠く隔っているに違いなく、それがわびしい。

いかがでしょうか。この段、文脈がまっすぐでない印象もありますが、構成としては「同じ心ならん人」と「いささか違ふ所もあらん人」とを対照させ、どちらにしても、自分と真実わかり合うことは不可能なのだ、という結論に到達するものです。理想が高すぎるような気がしますが、それでもどれほど深い山の中に分け入っても、共感できる生き方は遂に見付からなかった、という一一段から、内容はよく続いていると思います。

徒然草には、注意書きがあるわけではありませんが、どうも、このような読まれ方をすべき書物のようです。ある段が、連想を呼び起こして次の段につながり、次の段の内容を踏まえれば、前の段にこめられた作者の言いたいことがいっそう深く理解できる、ということです。段のこうした排列を決めたのは誰でしょうか。無造作のようでいて、細かな神経が働いているのだから、それはやはり兼好自身の所為であろう、とするのが通説です（写本によっては、段の並び方が変わって来るものがあるのですが、枕草子《まくらのそうし》ほどには相違は大きくはありません）。もちろん、二四三もの章段がすべて連想の糸でつながっているのではなく、ところどころに断層があるわけですが、どこからでも読んでよいかわりに、前後を読んでみるという手続きは大事であろうと思います。

さらに、そのつぎの一三段はどういう内容でしょうか。

ただ一人、燈《ともしび》のもとで書物を広げ、遠い昔の時代の人を友とすることは、無上の心の慰めとなる。

書物といえば文選《もんぜん》の中でも感動豊かな文章を収めた巻々、白氏文集《はくしぶんしゅう》、老子《ろうし》、荘子《そうし》である。わが国の学者たちが書いた文章でも、昔のものには、感動的《もんじゅう》な作品が多い。

（ひとり、燈のもとに文《ふみ》をひろげて、見ぬ世の人を友とするぞこよなう慰むわざなる。

文は文選のあはれなる巻々、白氏文集、老子のことば、南華《なんくわ》の篇《へん》。この国の博士《はかせ》どもの書けるものも、いにしへのは、あはれなること多かり。）

これも、しばしば単独で取り上げられる段です。しかし、一二段でつきつめて考えた内容から続いているとすべきで、要するに現実の世界では共感できる友人はいないからこそ、「見ぬ世の人」、書物のうちの古人を友達とする、ということなのでしょう。

そして、ここにいくつか挙がっている書物は、兼好の読書の傾向を示している点で貴重です。現世の孤独に耐えかねて、草庵や山中でなく、古典の世界に逃げ込んだのだ、としてもよいのではありませんか。このとき、儒学や仏教の書物ではなくて、老子と荘子の名が挙がっていることが、思想史的にも重要なのです。書物自体は古くから伝わっていたのですが、老荘思想《ろうそうしそう》の本質が日本で初めて理解されるのが、およそこの頃なのでしょう。

【もっと知りたい人に】

徒然草の基底とも言える出家・遁世の実態については、もっと柔軟に考えても良いと思うのですが、まだまだ古いイメージが強固であるようです。すでに刊行から半世紀近く経《た》ちましたが、目崎徳衛『出家遁世』（中公新書、中央公論社、一九七六年）が目配りが利いていています。また、歌語・歌枕のような常套句《じょうとうく》の持つ働き・効果については、たとえ散文であっても、古典を読む上で注意して欲しい事柄です。たくさんの書物がありますが、片桐洋一『歌枕　歌ことば辞典　増訂版』（笠間書院、一九九九年）は一つ一つの項目を読んでも面白く、奥村恒哉『歌枕』（平凡社選書、平凡社、一九七七年）や、川本皓嗣『日本詩歌の伝統――七と五の詩学』（岩波書店、一九九一年）は示唆に富むと思います。

第二章

時間よ止まれ

「すべてを捨てる」生き方

兼好《けんこう》が、徒然草《つれづれぐさ》で繰り返し述べていることがあります。われわれ人間の身と生まれたからには、真実の道（仏道）の修行に励まなければならない、その妨げとなるもの、すなわち地位名誉、財産、主君、家族などは全て棄《す》てよ、というもの。「諸縁放下《しょえんほうげ》」とも呼ばれる主張です。

たとえば一一二段、

日は暮れても行く先は遠い。わが生涯は挫折《ざせつ》ばかりであった。すべてのしがらみを捨て去るべき時である。信義も守るまい。礼儀も考えまい。この気持ちを理解できない人は、私を狂人とでも言うがよい。正気を失い、人間らしい思いやりを失った、とでも思うがよい。非難されても苦しむまい。褒《ほ》められても耳に入れるまい。

（日暮れ塗《みち》遠し。吾《わ》が生《しやう》すでに蹉跎《さだ》たり。諸縁を放下すべき時なり。信をも守らじ。

礼儀をも思はじ。この心をも得ざらん人は、物狂《ぶつきやう》とも言へ。うつつなし、情なしとも思へ。謗《そし》るとも苦しまじ。誉《ほ》むとも聞き入れじ。）

といった文章の強い口ぶりは、いやでも印象に残るのではないでしょうか。

さらに、これこそ一生の大事であるのに、それに気づかない者がなんと多いことよ、と歎息《たんそく》します。

有名な「命は人の都合を待つものだろうか（命は人を待つものかは）」（五九段）、「一刹那《せつな》は意識しない短い時間であるといっても、これをずっと積み上げていけば、死期は、たちまちにやって来る（刹那覚えずといへども、これを運びてやまざれば、命を終ふる期《ご》、たちまちにいたる）」（一〇八段）といった、著名な死生観もここから生じて来たものです。

すべてを捨てる、とはたしかに遁世《とんせい》する者の理想でしょう。そして兼好はそういう生き方を実践した人への共感も漏らしています。また、ちょうどこの頃に成立した、有名無名の遁世者の言行録《げんこうろく》である一言芳談《いちごんほうだん》を見て、いたく心を動かされたようで、九八段で

いくつかの条を抜書しています。たとえば、代表的なのは、

一　来世の往生《おうじょう》を願う者は、ぬかみその瓶《かめ》一つでも持ってはなるまい。日常読誦《どくじゅ》する経典や守り本尊《ほんぞん》の仏像までも、立派な物を持つのは、無益なことである。

（一　後世《ごせ》を思はん者は、糂汰瓶《じんだがめ》一つも持つまじきことなり。持経《じきやう》・本尊にいたるまで、よき物を持つ、よしなきことなり。）

といった内容で、すべてを捨ててしまえ、という生き方です

しかし、先にも述べた通り、これは実際にはそうできないゆえの主張であったと思っています。それは比喩を用い、視点を変え、時に冷静に、時には激した口調で語られます。にもかかわらず、かれは生涯にわたって、俗塵にまみれ続けました。当然執着心も強かった。主張は空虚であり、真摯《しんし》さに欠ける、とまでは言いませんが、しょせんはきれいごとに過ぎないのです。熱意を込めて語られれば語られるほど、しらけてしまう、

すっきりと納得できない何かが残るのです。

「空の名残」

それでも、このいささか、ステロタイプな「すべてを捨てろ」という主張が、性急な言い方とはうってかわって、きわめて陰翳《いんえい》深く叙されている段もあります。それが二〇段です。

なにがしとかやいひし世捨人《よすてびと》の、「この世のほだし持たらぬ身に、ただ空の名残《なごり》のみぞ惜しき」と言ひしこそ、まことにさも覚えぬべけれ。

これで全文です（あえて訳は載せません）。ほんとうに短い、断章のような章段です。この発言をした遁世者は誰とも分かりません。「言ひし」とあるから、兼好が直接聞いた言なのでしょう。現世に自分をつなぎとめるようなものは何も持っていないが、「空の名残」だけは惜しまれる、と彼が語った、まさしく抑えがたい感情を吐露したものだ、との共感を寄せているのです。

ところが、この「空の名残」とは何か、よく分からないのです。これまで月・四季・月日・空・恋など諸説があり、「空の見せる光景や情緒だけが名残惜しい」といった解釈に落ち着いているようです。たとえばある注釈書では、「空の様子だけがなごり惜しい」としています。しかし、「名残惜しい」という言葉はありますが、この場合の「名残」は「空」を受けるもので、「惜しい」とつなげてはならないと思います。それに、空の模様をどうしてこれほど惜しく思うか説明がありません。また、別の注釈書には、より詳しく、SKYの意であると断じ、「空から受けて、心に残る感銘・印象」とあります。たしかに空の変化を眺めて何か感ずることはあるでしょう。でもそれがどうして世捨人にこれほどの感銘を与えるか、依然すっきりしません。

このような場合、「空の名残」という句が、当時、あるいは少し前の時代に、どのように使われていたのかを調べて、その用法から帰納しなくてはなりません。それには、やはり兼好はじめ知識人が共有していた語彙《ごい》、つまり和歌の用例が有効です。これまでの注釈書が挙げるのは、西行《さいぎょう》の、嵐のみ時々窓にをとづれて明けぬる空の名残をぞ思ふ（山家集《さんかしゅう》・雑・九一五「閑《かん》中暁《ちゅうのあかつき》」）

（嵐が時々窓を叩《たた》く音がして、いつのまにか明けた空の名残を思うことだ）

という和歌です。これは題詠《だいえい》でして（六〇ページ）、訪れる人のいない閑居《かんきょ》で夜を明かした、翌朝の感慨をテーマとしています。

要するに誰も訪れないいまま、いつのまにか夜が明けた、ということなのですが、これは女が男の訪れを期待する、恋歌のような雰囲気を漂わせながら、夜更《よふ》け↓暁《あかつき》という時間の推移をとらえた歌です。その推移は、目に見えたり耳に聞こえたりはせず、何かがきっかけでとらえられるわけではないからこそ、「空の名残」と表現したのでしょう。

この言葉を用いた和歌は決して多くはありませんが、だいたいその線で解釈することはできます。

くまもなき光は空の名残にてあくるも月の影とみえつつ（正応《しょうおう》三年〔一二九〇〕九月十三夜内裏《だいり》御会《ごかい》和歌・四一「暁月」、藤原為実《ふじわらのためざね》）

（一点のくまもなかった光は、月夜の名残で、明けても月の光と見えるよ）

は、やはり深夜から暁への推移をとらえて、夜が明けてもなお、皓皓《こうこう》と輝いていた秋の月の光が幻影として見える、ということです。それが「空の名残」なのでしょう。月は実際には見えていないのです。

昼夜ばかりではありません。

春も又をしみがほなる夕かな今夜ばかりの空の名残は（宝治百首《ほうじひゃくしゅ》・暮春《ぼしゅん》・七九六・俊成女《しゅんぜいのむすめ》）

（人と同じく春もやはり去っていくのを惜しんでいるような夕べであるよ。もう今夜だけとなったその見えない名残を）

紅葉葉を幣《ぬさ》にたむけて行く秋の空の名残を牡鹿《をしか》なくなり（後鳥羽院御集《ごとばいんぎよしゆう》・一二五五）
（もみじの葉を道ばたの神様に幣《ぬさ》として捧《ささ》げて去っていく秋の、その見えない名残を惜しんで、牡鹿《おしか》が鳴いているのが聞こえる。「牡鹿」が「惜し」の掛詞《かけことば》となる）

は、それぞれ春秋の果てに詠まれた歌で、春と秋とを擬人化し、去りゆく季節を惜しむ歌です。季節の交替ははっきり見えるわけではありません。すると、「空の名残」とは、限定がなければ、過ぎ去ろうとする時間の余韻《よいん》ということになって来ます。余韻を「月」「風」「鐘の音」など視覚・触覚・聴覚でとらえ得るものに代表させた場合もあるが、時間の推移は五官でとらえられないから、過ぎ去ったものを虚空《こくう》に見つめる、といった感傷もあわせ持つのでしょう。

なお、目には見えないからこそ、新旧の季節が空で行き違うというのは、

夏と秋とゆきかふ空のかよひ路《じ》はかたへ涼しき風や吹くらむ（古今集《こきんしゆう》・夏・一六八・凡河内躬恒《おおしこうちのみつね》「六月のつごもりの日よめる」）

（夏と秋とがすれ違う空中の通路では片側でだけ涼しい風が吹くのであろうか）

という有名な歌があり、人々が想像しやすかったでしょう。

それでも心を動かすもの

このようにして見て来ると、二〇段の世捨人は、季節にしろ朝暮にしろ、目に見えぬ移り変わりだけが惜しく思われる、と言ったと考えられます。これを時間とか光陰《こういん》と言い換えることも可能でしょう。「空の名残」が当時ある程度は知られていた歌語であったとすれば、あるいは、兼好がそのように言い換えたのかも知れません。

その上で、二〇段は、直前の一九段と続けて読むべきだろうと思います（そのことは既に指摘があります）。

一九段は、二〇段と対照的に非常に長大な段で、正月から歳暮《せいぼ》まで、人が心を惹《ひ》かれる四季の景物を叙していきます。

季節が移り変わるのは、その時々の風物いずれにつけても情趣の深いものである。

（折節《をりふし》の移り変るこそ、ものごとにあはれなれ。）

で始まり、以下、春のけしき・鳥の声・のどやかなる日影・垣根の草・霞《かすみ》・花……、そして一年のおわりの追儺《ついな》に至るのですが、ここではとりたてて珍しい内容もなく、また鋭い観察もありません。何だか和歌に詠まれる題材を列挙していったような段です。

本人も叙述の退屈さ平板さに気がひけたのか、途中で、こうした四季の景物の情趣は、源氏物語《げんじものがたり》や枕草子でも既に語られているけれども、同じことを言ってはならない、というわけではないし、しょせんこれは人の見るべき書物ではないのであえて記した、と苦しい弁解さえさしはさんでいます。ただ、この段の核心は、たんなる景物の列挙ではなくて、冒頭の「折節の移り変るこそ、ものごとにあはれなれ」という、四季の推移への感慨なのだと思います。これを受けることによって、一見茫漠《ぼうばく》としていた、二〇段の「空の名残」の語義がにわかに明瞭になると思います。

実は中世の人もこのように考えていたようで、たとえば永正《えいしょう》元年（一五〇四）十月に、連歌師《れんがし》宗長《そうちょう》が独吟《どくぎん》した出陣千句《しゅつじんせんく》に、次のような前句《まえく》と付句《つけく》があります。

　　心を染むる春秋の色（心を奪われる、春や秋の美しさ）
　この世には空の名残もいかばかり（現世への名残はいかばかりか）

連歌では一句一句が独立するいっぽう、寄合《よりあい》といって、前句と意味や表現で関連を持つ語彙を用いなければなりません。「春や秋の美しさに心を奪われた」という前句に対して、「空の名残」を付けたのは、やはりよき季節を筆頭とする、時間の進行に対する愛惜《あいせき》の思いを言いたかったからでしょう。ちょうど一九段と二〇段と同じような関係にあるとすれば非常によく分かります。この頃徒然草はようやく読まれるようになっていますので、これに示唆を得た可能性はあるでしょう。

さらに芭蕉《ばしょう》は、徒然草をよく知っての上でしょう、貞享《じょうきょう》四年〜五年（一六八七〜八八）の俳文笈《おい》の小文《こぶみ》で、過ぎゆく年を惜しむ意で「空の名残」を使っています。

宵《よい》のとし（大晦日《おおみそか》）、空の名残惜しまむと、酒飲み夜ふかして、元日寝わすれたれば

　二日にもぬかりはせじな花の春（二日でも気は抜かないぞ美しい花の春）

と記します。生家で年越しの宴会をして、元旦は寝正月をしているのですから、空の移り変わる様子を眺めている、などということはありません。

最後に、ゲーテのファウスト第二部、大団円のところです。主人公のファウストは、悪魔のメフィストと契約したことで、知識欲の圧迫から逃れ、この世のありとあらゆる快楽を手に入れ、もはやすべてに満足し、何物にも心を動かされないはずなのですが、最後の最後に、

"Werd ich zum Augenblicke sagen: Verweile doch! Du bist so schön."（「時よ止まれ、汝《なんじ》はいかにも美しい！」）（第二部第五幕）

と口にして、事切れます。

二〇段の世捨人は、すべてを捨て去った、文字通り「心なき身」ですから、もう何に心を動かされることもありません。逆説的ながら、これほど強靭《きょうじん》な人間はいません。自身もそのことを自覚していました。それでも、心を動かされてしまうものがあったわけです。そして「時よ、止まれ」と口にしてしまった。実に人間的なひとことです。

兼好がこの世捨人に共感を寄せたことで、徒然草は、かたくなに諸縁放下を主張するだけの単調さから、辛うじて救われているように思います。

コラム　徒然草の本文――烏丸本

本文を定める

四七ページの図版2・3に掲げたのは、徒然草《つれづれぐさ》の室町時代の写本や江戸時代の板本《はんぽん》（板を刻して紙面に刷った、整版・活字の印刷本）です。兼好《けんこう》自筆の本は発見されていないので、徒然草の原文はどういうものかを考える時は、まずはこうした写本や板本を対象にします。

写本や板本では、段落分けがはっきりしていません。もちろん章段の番号なんかついていません。徒然草は現在、序と二四三の章段に分けられ、その番号は広く共有されていますが、これは江戸初期の医者、秦宗巴《はたそうは》の著した注釈書（寿命院抄《じゅみょういんしょう》）で初めて現れ、決して古いものではありません。それ以前は、書写者により本により、まちまちでした。章段はいくつありますか、と、もし兼好に尋ねたって、さて数えたことはないよ、と答えるでしょう。

さらに、そのなかの本文も、もともと句読点も清濁もない、表記の統一もない、なんというか、のっぺりしたものです。板本になると、さすがに句点は打たれますが、引用や会話を示す「　」とか、あるいは活用語尾などはありません。字体も、いま使われない、変体仮名《へんたいがな》があり、また漢字の崩しも楷書《かいしょ》ではなく草書《そうしょ》ですが、だいたい漢字は少なくて、平仮名が多いですね。

文章がどこで切れるか分からないから、せめて句読点はあって欲しいです。平仮名だけの文章は読みにくいですから、自然と漢字に置き換えたくなるでしょう。漢字と平仮名の変換は、読者が文脈や文意を考えて、つまり解釈をしながら行うでしょう。これで分かりやすくなりますが、しかし、当然ながら、それは作者のあずかり知らぬところで行われることです。

実は現代人が読む徒然草（活字で刊行されている本）の本文とは、こうやってもとの写本や板本の原文に、手を加えて「読みやすく」した本文です。写本や板本の原文そのままの姿では決してない、ということです。この処置は、たとえばモノクロ映画をカラーでリメイクしたくらいに考えてもよいかも知れません。

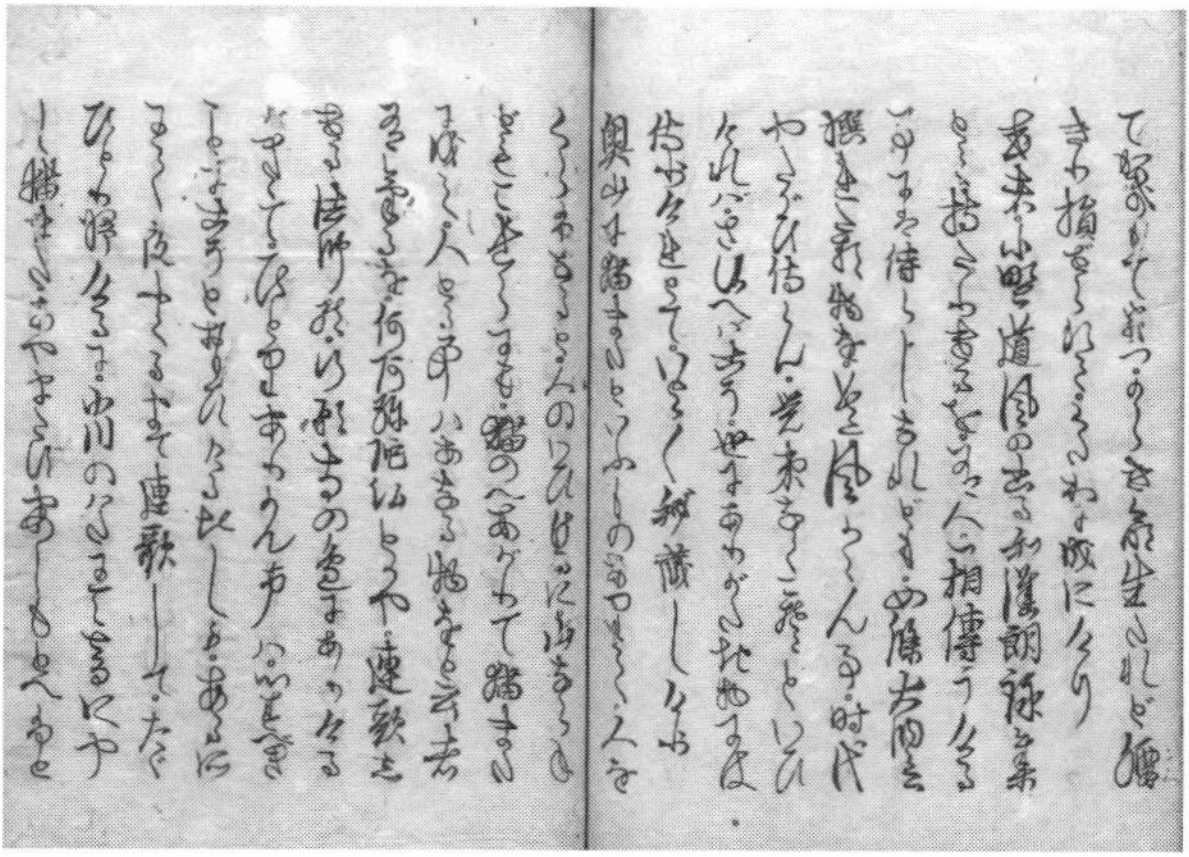

図２　烏丸本徒然草（国立公文書館蔵）八九段

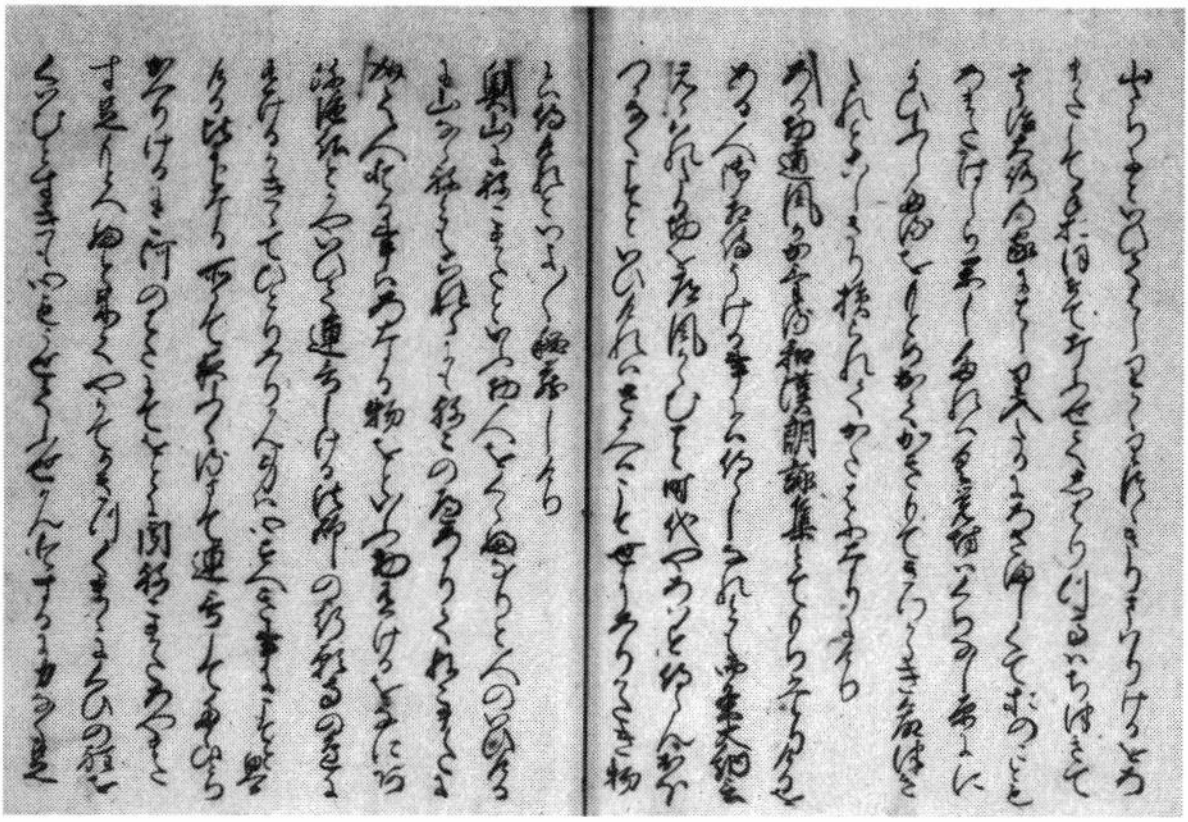

図３　宝玲文庫旧蔵徒然草（国文学研究資料館蔵）八九段

だから、まずはこのような読みやすくした加工をぜんぶ取り去って、原文の姿に戻した本文に向き合わないといけないのです。

しかも、その本文は、写本や板本によって、多かれ少なかれ、字句が異なるのがふつうです。さらに章段や巻が、順番が違ったり、まるまる欠けていたり、あるいは他にないものがあったりします。同一規格の本文の大量複製が可能な近代の活字本では、一応そのような事はありません（実は起こるのですが）。

このようにタイトルは同じ本なのに内容が異なる時、我々は何を信じたらよいのか、分からなくなります。そこで、作者のオリジナルに近い写本や板本を探求し、定める必要があるわけです。徒然草では、永享《えいきょう》三年（一四三一）に、正徹《しょうてつ》という歌人が自ら書写した写本（正徹本《しょうてつぼん》）が伝わっていて、現存最古の写本です。そのほか図版に掲げた、宝玲文庫《ほうれいぶんこ》（英国人フランク・ホーレーの収集）旧蔵写本など、室町時代の写本も十数本は下りません。しかし、江戸時代初期の慶長《けいちょう》十八年（一六一三）に、堺《さかい》出身の富裕な町人である三宅寄斎《みやけきさい》（一五八〇〜一六四九）によって出版され、公家《くげ》歌人の烏丸《からすまる》光広《みつひろ》が跋文《ばつぶん》を記した、いわゆる烏丸本《からすまるぼん》の本文が、最も誤りが少ないといわれています。

現在出ている、徒然草の活字本は、たいてい、この烏丸本に基づいて——底本《ていほん》《そこほん》として——本文を作っています。

たった一字の違いでも……

ただ、間違いが少ないといっても、兼好の自筆本をどれくらい忠実に伝えているかは、簡単には想像がつきません。烏丸本はたしかに意味がよく通るのですが、それはどうも意味を通りやすくしているのではないか、その処理は正当なものなのか、という疑いもかけられるわけです。

たとえば、八九段を例にしてみます。有名な「猫また」の話です。その中間部分、烏丸本ではこうなっています。何も手を加えない原文の状態にしてみます。

　何阿弥陀仏とかや○連歌しける法師の○行願寺の辺にありけるがきゝて○ひとりありかん身は○心すべきことにこそとおもひける比しも○ある所にて夜ふくるまで○連歌して○たゞひとり帰けるに○

烏丸本は出版の時に、句点○を入れ、またある程度清濁も分けているので、読みやすいですね。ここからさらに適宜《てきぎ》、漢字を宛てたり、仮名に開いたりして、本文を整えるわけですが、中間あたり、「一人歩かん身は心すべきこそと思ひける比（頃の宛字）しも、ある所にて……」とあります。「しも」は強調の助詞ですから、警戒している折りも折り、ということでいちおう意味が通ります。

ところで、引用の部分、たとえば正徹本では、つぎのようになっています。

なにあみた仏とかやいひて連哥しける法師の行願寺のへんにありけるかきゝてひとりありかむ身は心すへきことにこそと思ける**ころしもなる所**にて夜ふくるまで連哥してたゝひとりかへりけるに

比較すると平仮名が多いです。そして、いくつかの字句の違いがあります。問題の箇所も、「ある」「なる」と、たった一字の違いですが、しかし重大な異同があります。

正徹本では、烏丸本のようには句読点が打てません。「一人歩かむ身は心すべき事にこそと思ひける頃、しもなる所にて……」となるはずです。この「しもなる所」では、意味が通じないと判断して、正徹本を底本とした注釈書でも、烏丸本を採用して、本文を改めているようです。

しかし、「しも」とは、下京《しもぎょう》、二条大路《にじょうおおじ》以南の地域を指す語です。そして「なる」は所在を意味する助動詞「なり」です。だから「下京に在る所で」とすれば、意味は通るのです。そして、正徹本以外の古写本でも、多く、ここは「思ひけるころしもなる所にて」という本文です。図版に掲げた宝玲文庫旧蔵本などは、「思ひける比下なる所にて」と書写していまして、明らかにこのように考えていたことになります。

中世都市・京都は、市域がまんべんなく発展していたわけではなく、市街は上京《かみぎょう》と下京とで分離しており、その間は人の住まない地域で隔てられ、何本かの通りが南北をつなぐような形態でした。実際に、「上《かみ》の山荘」とか「下《しも》の御所」といった表記が、当時の文献にふつうに見られます。このような傍証《ぼうしょう》を挙げれば、むしろ「下なる所」でも十分によさそうです。

たった一文字の違いだと言えば、なんて瑣末《さまつ》な、と投げ出してしまうかも知れませんが、しかし、瑣末とは言えません。

この法師は、行願寺《ぎょうがんじ》（革堂《こうどう》）の辺りに住んでいたというので、上京の住人です。下京で連歌《れんが》をして、深夜、寂しい道をとぼとぼ北上して帰宅していたときに……と考えれば、そのリアリティはむしろ増すでしょう。文献や文字はもちろん、歴史・民俗・建築といった周辺の知識を総動員した結果、なんとか、兼好が書いた本文に迫ることができるわけです。烏丸本は、兼好の時代からは三百年近くも経っています。すでに京都市街のありようだって変化してしまっています。実感のあった「思ひける頃、しもなる所にて」ではなく、より一般的な「思ひける頃しも、ある所にて」が受け容れられてしまうのも仕方がないところです。

ですので、出来るだけ多くの同じタイトルの写本・板本を集めて、本文の異同を比較する、校合《きょうごう》という作業が必要不可欠になります。その結果、明らかな誤りがあれば、他の本の本文によって改める——校訂《こうてい》していきます。校訂しなければ、本文は定まらず、作品も読めないわけです。どの本文が正しいのか、写本の古さや、多数決で決められればよいのですが、そうも行かないのが悩ましいところです。どの本文にも少しずつ合理的なところと、誤写や変改と思われるところとがあり、最善の写本や板本といっても、相対的なものでしかないのです。こういうところ、柔軟に考えていかなければなりません。

そして定まった本文に漢字を宛てたり句読点を打つのはその後の解釈の段階ですが、これも解釈ができていなければ、本文も定められないわけです。

【もっと知りたい人に】

徒然草の場合、諸本間の本文の異同は、それでも比較的小さいと言われていますが、非常に有名な作品であるだけに、文意にも及ぶ本文の問題はまだあちこちにあるようです。日本古典文学における本文批判（テキストクリティーク）とはどんなものか、書誌学とあわせて、ぜひ知っておいて欲しいと思います。橋本不美男『原典をめざして――古典文学のための書誌　新装普及版』（笠間書院、二〇〇八年）があります。対象は広くなりますが、国文学研究資料館編『古典籍研究ガイダンス――王朝文学をよむために』（笠間書院、二〇一二年）も参考になります。

第三章

歌人としての兼好

和歌四天王

いったん徒然草《つれづれぐさ》を離れて、歌人としての兼好《けんこう》につき、話してみたいと思います。

生前の兼好は、随筆家などという肩書きはもちろんなく、もっぱら歌人として知られていました。徒然草の最初の読者といえる正徹《しょうてつ》も「随分の歌仙《かせん》」（正徹物語《しょうてつものがたり》）と言っています。

兼好の和歌の先生は、二条為世《にじょうためよ》（一二五〇〜一三三八）およびその孫為定《ためさだ》（一二九三〜一三六〇）です。ともに権大納《ごんだいな》言《ごん》・民部卿《みんぶきょう》の官に昇り、歌壇《かだん》の指導者としても、権威のあった公家《くげ》ですが、むしろ武家や遁世者《とんせいしゃ》（官職地位を持たないので、地下《じげ》とも呼ばれた）が歌道に熱心であると認めていて、実際に引き立てています。ここでとくに優秀であったのが浄弁《じょうべん》・頓阿《とんな》・慶運《きょううん》・兼好で、当時この四人を為世門の和歌四天王と称しました。四天王には入れ替わりがあったようなのですが、頓阿・慶運・兼好の三人は年齢も近くて一緒に行動することが多く、しばしば比較もされました。

この三人は二条良基《よしもと》邸に出入りして、その歌会のメンバーとなっていました。良基は北朝の関白《かんぱく》を務めた最高位の公家ですが（二条家といっても、為世・為定とは家系が異なり、五摂家《ごせっけ》という最高の家柄の一つです）、やはり地下の歌人や連歌師と大いに交流しています。その良基の最晩年の回想を、歌論書近来風躰《きんらいふうてい》から引用してみます。

その当時には、頓阿・慶運・兼好の三人が、みなみな達人と言われたのである。頓阿は、言葉遣いが何とも優美で奥深く、受ける印象はなだらかで、ごてごてしてなくて、それでいて詠《よ》んだ歌にはみなどこか目に留まる一点があり、その場で作った感もあった。慶運は格調の高さを好み、どこか枯れて、やや古いスタイルに寄せて、受ける印象は、構想が巧みで、聞くとおや、と感じさせる風でした。為定大納言は、ことのほか慶運を評価されたのである。

兼好はこの中では、少し落ちるように人も考えていたのではないか。しかし人口《じんこう》に膾炙《かいしゃ》した歌は多くあります。「都にかへれ春の雁がね」という、この歌は、頓阿も慶運も称賛したのです。少し滑稽味《こっけいみ》のあるスタイルの歌を詠んだ。それは大したものでもなかった。

（その頃は頓・慶・兼三人いづれもいづれも上手といはれしなり。頓阿は、かかり幽玄《ゆうげん》に姿なだらかに、ことごとしくなくて、しかも歌毎に一かど珍しく、当座の感もありしにや。慶運はたけを好み、物さびて、ちと古体にかかりて、すがた心はたらきて、耳にたつ様に侍《はべ》りし也。為定大納言は殊《こと》の外《ほか》に慶運をほめられき。兼好はこの中に、ちとおとりたるやうに人も存ぜしやらん。されども人の口にある歌ども多く侍るなり。「都にかへれ春の雁がね」、この歌は頓も慶もほめ申しき。ちと誹諧《はいかい》の体をぞよみし。それはいたくの事もなかりしなり。）

さすが関白だけあって、忌憚《きたん》のない批評を下しています。頓阿が完全無欠の才人、慶運はやや突飛なところがあるが遜色《そんしょく》ない奇才、兼好はその二人よりは一段落ちる、と言っているのが面白いです。これは良基個人だけではなく、当時もそういう評価だったようです。

和歌世界の枠組み

兼好には家集《かしゅう》があります。家集とは、ある個人の詠を集めた歌集のことです。この家集には自筆本が伝わっています。徒然草が原本から遥《はる》かに降った時代の写本しかないのと比較すれば実に貴重です。もっとも、中世には読まれた形跡がなく、この自筆本もどこでどうしていたか分かりません。江戸時代初期に突如出現し、加賀《かが》前田家の蔵書となりました（現在も前田育徳会尊経閣文庫に所蔵）。徒然草に比すればマイナーなままですが、この家集から少し読んでみたいと思います（歌末は家集の番号）。

薄暮帰雁《はくぼのきがん》

行き暮るる雲路《くもぢ》のすゑに宿《やど》なくば　都にかへれ春のかりがね（六〇）

（春になって北に帰る雁《かり》、日が暮れてその先にもし泊まるところがなかったら、都に帰って来いよ）

これは、良基も兼好の代表作としていた歌です。

中世和歌では、歌会《うたかい》や歌合《うたあわせ》での作品こそが評価に値するものと考えられていました。そこでは、たいていあらかじめ題が与えられ、題意を満たすように詠む、題詠《だいえい》によります。これは「薄暮」と「帰雁」との複合題で、結題《むすびだい》と言いますが、主たるテーマは「帰雁」ですので、春の季題です。

題詠では、題のうちの事物（題材）は、どういう性質のもので、どのように表現されなければならないか、だいたい決まっています。つまり作品の世界の大枠は固定されているのです。

おのおのの題材で最もそれらしい美しさ、いわば美的本質を「本意《ほい》」といい、およそ平安時代の和歌作品で繰り返し詠まれたことで定着していきますが、さらに勅撰《ちよくせん》和歌集に採られることで規範となり、後世も忠実に踏襲《とうしゆう》していきます。

「帰雁」とは春の景物で、越冬した雁が北へ帰る習性を詠むことが、その本意にかなうことです。たとえば、歌人のバイブルであった古今集《こきんしゆう》では、「春霞《はるがすみ》立つをみすててゆく雁は花なき里に住みやならへる」（春上・三一　伊勢「帰雁をよめる」）と詠まれます。

雁は華やかな都を見捨てて、わざわざ寂しい、花も咲かない北国に帰るのは、そこに住み慣れているからか、というもの。美しい日本の春から遠い異郷に思いを馳《は》せる、「帰雁」の本意を確立した古歌です。

兼好の和歌は、雁への惜別《せきべつ》の情を強調したところに新しさがあります。歌の新しさといっても、この程度なのです。中世の和歌の作り方はまずこういうものであったと知ってください。

実体験の歌、物語を題材にした歌

もちろん、家集には実体験に基づくと思われる歌もあります。そこでは詞書《ことばがき》を持つものがかなり多くて、他の四天王と比較しても異例なのですが、これはあえてしたことなのでしょう。

そのなかには出家に踏み切る頃の心情を詠んだ作もかなりあります。

世の中思ひあくがるる頃、山里に稲かるを見て

世の中の秋田かるまでなりぬれば　露《つゆ》もわが身もおきどころなき（四六）

詞書の「あくがる」とは、「飽《あ》く離《か》る」で、心身が何かに惹《ひ》かれてふらふらと彷徨《さまよ》うさまです。つまり世の中を捨てようと遁世を意識していた頃の詠となります。歌の本意として、「露」は秋の景物で、稲など草の上に宿ります。「秋田」は「飽き」の掛《かけ》詞《ことば》です。現代語訳すると雰囲気がなくなってしまうのですが、「私は世の中に飽きた、そのあき、ではないが秋の田で稲を刈っている、稲を刈ってしまうと、秋の露が置くところがなくなってしまう、そういうふうに私も世の中に居場所がなくなるなあ」ということでしょう。理屈っぽいですが、眼前の風景と世の中に居場所がないという孤独感とをつなげた歌です。

心にもあらぬやうなることのみあれば
住めばまた憂《う》き世なりけり　よそながら思ひしままの山里もがな（八一）
（世を遁《のが》れていざ山里に棲《す》んでみたが、ここも憂く辛《つら》い世の中であるよ。はたで思

っていた通りの山里があって欲しいものだ）

これは遁世した後です。歌意は分かりやすいです。出家遁世する以前はいろいろと期するところがあっても、実際には思うに任せない、というものです。これは第一章で述べた通り、徒然草でも抱いていた感慨でした。

しかし、家集では、いかに詞書があるからといって、すべてが直接経験した事実ではないこともまた明らかです。

冬の夜、荒れたる所の簀子《すのこ》に尻かけて、木高き松の木の間よりくまなく漏りたる月を見て、暁まで物語し侍りける人に

（冬の夜、荒れた屋敷の簀子に尻を載せて、高い松の梢《こずえ》の間から皓皓《こうこう》とさしこむ月の光を見て、明け方まで語り明かした人に）

思ひ出づや軒《のき》のしのぶに霜さえて　松の葉わけの月をみし夜は（三三）

（あなたは思い出しているでしょうか。軒の忍ぶ草に霜が置いて冴《さ》え、松の葉を分

けて輝く月を見た夜のことを)

この歌では詞書《ことばがき》がとくに長いです。歌物語のようです。「荒れたる所の簀子」とは訪ねた屋敷、「人」はそこに住まう人。歌意は難しくないでしょう、というより詞書の内容を出ていません。歌がかえって詞書に従属しています。詞書の内容を十分に踏まえて、歌を味わって欲しいです。主語は誰でしょうか。家集なのだから兼好であるはずですが、実はそうとも断じえないところがあります。

主体は男性で、相手は女性でしょう。なぜかというと、この、荒れた家に女がひっそりと住んでいて、男が訪ねていく場面、実は平安時代の物語ではおきまりの、非常に好まれた設定なのです。源氏物語《げんじものがたり》でも、光源氏《ひかるげんじ》はそのような屋敷にこそ理想の女性がいるといって忍び込んでいきました。兼好も読者も、そのような文学上の約束事を前提としています。

だいたい、ここに「尻かけて」という詞がありますが、これは源氏物語の帚木《ははきぎ》巻に「この男、いたくそぞろぎて、門近き廊の簀子だつものに尻かけて、とばかり月を見る

（この男は、ひどくそわそわし、中門近くの渡廊の簀子めいた所に腰を掛け、暫《しばら》く月を眺めている）」という、きわめて類似した場面描写があります。これを借りて来て、読者の共感を呼ぶようにしているのでしょう（源氏物語への傾倒《けいとう》は最後の章でも述べます）。

こうなると、実際の経験なのか、大いに疑われて来ます。源氏物語など王朝物語で好まれた場面を思い描き、詞書と歌を、虚実の間に構成したものなのでしょう。

「恋の歌」の詠み方

寄《スル》レ湖《ニ》恋

心をぞこほりとくだく諏訪《すは》の海のまだとけそめぬ中のかよひぢ（一二五）

これは題詠の恋歌です。出家者であっても、題詠であれば平気です。恋の題こそ、もっとも歌人の力量が出るとされています。このような「□に寄する恋」という形式の歌題を寄物題《きぶつだい》といい、□には何か具体的な事物が入ります。これに引き付けて、心情を詠むことを求められています。やや言語遊戯的な性格があります。

「諏訪の海」は信濃国《しなののくに》、現在の長野県の諏訪湖です。古くから崇拝された諏訪《すわ》大社《たいしゃ》が湖岸にあり、京都の歌人にも知られていました。歌枕《うたまくら》といっていいでしょう。歌枕としての「諏訪」は、冬の湖が結氷している情景を詠みます。

長治《ちょうじ》二年（一一〇五）頃、堀河《ほりかわ》天皇が大江匡房《おおえのまさふさ》・源俊頼《みなもとのとしより》らの有名歌人十六人に詠ませた百首歌、いわゆる堀河百首は、題詠の規範となった百首歌で（兼好も徒然草一二六段で「堀川院の百首の歌」と言及しています）、その「氷」という題で、

諏訪の海の氷の上のかよひぢは　神のわたりてとくるなりけり（九九八・源顕《みなもとのあき》仲《なか》）

（諏訪の湖の氷の上の通路は、神が渡って解けたのだなあ）

という作があります。諏訪の歌の祖型といってよく、兼好も当然知っていて下敷きにしています。これは「御《お》神渡《みわたり》」を詠んでいます。諏訪湖では、厳冬期に氷が膨張して湖面

が盛り上がって、対岸まで一直線に割れ目が走ります。これを上社《かみしゃ》（男神）が下社《しもしゃ》（女神）に逢《あ》いに行かれた道として、神事を行っています。温暖化のため結氷しない年が多くなってしまいましたが、現在もそうです。つまり、この堀河百首の歌によって、諏訪湖では氷の上に「通ひ路」が出来る、というイメージが共有されたのです。

諏訪の詠まれ方を理解して、兼好の歌を見てみます。「諏訪湖ではまだ氷がとけはじめない――神がまだお渡りになっていないように、私たちの間の通い道はまだ遠くて冷たい。私はといえば、諏訪湖の氷ならぬ、自分の心を千々《ちぢ》に砕いて思い乱れているのに」です。自分は誠意を尽くしているのに、相手が心を許してくれない、という男の歎《なげ》きの歌です。「くだく」や「解け初《そ》め」は氷の縁語です。固く氷った湖面は冷たい相手との絶望的な距離を象徴します。

「湖」と「恋」とをいかに結びつけたのか、という点に着目すれば、一応面白い歌です。現代人の感性では、恐らく評価できないでしょうが、彼らは定められた枠組みのうちで、どうすれば心が深くなるか、感覚をとぎすまして創作していたのですから、言葉遊びの楽しさを知り、このような作品を面白い、と思える余裕が欲しいと思います。

年頃たのめわたりける女のがりつかはすべき歌とて、人のよませ侍《はべ》りし

いつはりに我のみなさでことの葉をたのむばかりの年ぞへにける（二六〇）

これも恋の歌ですが、詞書によると代作歌です。詞書の意は「長年（逢えると）あてにさせ続けていた女のもとにつかはすような歌といって人があつらえました歌」となります。兼好はこのようなことをよくしていたのでしょう（一一七ページ参照）。

恋の歌は、まずは相手の気を惹くのが眼目《がんもく》です。そのため自分の思いについては誇張した表現をとります。しかし、あまり下手だと相手にして貰《もら》えない。歌意は比較的単純で、「（あなたは私の言葉をウソだとして信じないが）私はあなたの言葉を偽りとはしませんで、それだけをあてにした結果、年月がたってしまった」でしょう。女がかねて男に「あなたの言葉は偽りばかりだ」と言って拒んでいたからでしょう。このような丁々発止《ちょうちょうはっし》のやりとりが続くのが平安時代以来の恋愛のルールで、兼好はそれを擬似的に再現していたのでしょう。

同じ人に又つかはしける

玉かづら絶えずも物を思へとや　かけてたのめし人のつれなき（二六一）

この歌も代作ですが、もう少し技巧的です。「玉鬘《たまかずら》」は蔓草《つるくさ》の美称で、蔓は長く伸びるものなので、「絶えず」にかかる枕詞です。また「蔓」の縁語として「懸けて」を使っています。ここでは「心に懸けて、ひたすら」の意を掛けます。「ずっと物思いをせよ、とでもいうつもりなのか。蔓を懸けるではないが、ひたすらあてにさせた人のなんとつれないことよ」という意になります。

かけて思ふ人もなけれど夕されば面影《おもかげ》たえぬ玉かづらかな（新古今集《しんこきんしゅう》・恋三・一二一九、貫之《つらゆき》）

（心に懸けて思ってくれる人もいないけれど、夕方になるとその人の面影が消えない）

が似ています。参考にしたのかも知れません。

なかなかの歌人

以上、兼好の和歌を紹介してきました。

家集に収められていない和歌も若干数あります。とりわけ、注意すべきは「民部卿家《みんぶきようけ》褒貶和歌《ほうへんわか》」と題する詠草《えいそう》でして、兼好の和歌が四四首載っています。これは暦応《りやくおう》年間（一三三八〜四一）、師範の二条為定邸での歌会での作品を集めたもので、初老期の兼好の実力が分かる貴重な資料です。

さて、ひいき目かも知れませんが、総合的に見ても、歌題をきちんと詠むのはもちろん、かつ一首ごとに工夫は凝らされていますので、そんなに実力の劣った歌人とは思えません。頓阿・慶運と比較されると、良基の評価が厳しくなるのは仕方がないのですが。

ところで、兼好の家集は、貞和《じようわ》五年（一三四九）頃完成した、十七番目の勅撰和歌集である風雅和歌集《ふうがわかしゆう》の撰歌資料と考えられて来ました。ところが近年では、ほぼ晩年の成立であるものの、秀歌を集成しようとしたもので、風雅集とは直接関係なく成立した、とする説が有力になっています。生涯に詠んだ和歌はもっと厖大《ぼうだい》にあったはずで、そのエッセンスを精選していることになります。そうやって凝って作られた家集であれば、詞書に創作や虚構が混じるのは当然といえるでしょう。

これまで兼好の家集は徒然草の記事を補完するもの、または兼好の伝記資料としての扱いしか受けて来なかったのですが、この家集それ自体が一個の作品として、丁寧に読み解かれることを求めていると思います。

【もっと知りたい人に】

兼好家集の注釈は、新日本古典文学大系『中世和歌集　室町篇』（岩波書店）や和歌文学大系『草庵集　兼好法師集　浄弁集　慶運集』（明治書院）に収められています。「民部卿家褒貶和歌」は稲田利徳『和歌四天王の研究』（笠間書院、一九九九年）に紹介と考察があり、兼好の歌風を考える上でも参考になります。なお、五

○首を抜き出した秀歌評釈として丸山陽子『兼好法師』（コレクション日本歌人選、笠間書院、二〇一一年）があります。

第四章

奇蹟が起きたら

大根が勇士となって……

徒然草《つれづれぐさ》には教科書には載らないものの、愉快な話、奇妙な話がたくさんあります。ぜひ通読して見つけて欲しいと思います。たいてい表現が極度に切りつめられて、余計なことを書かないので、一見素《そ》っ気《け》ないですが、何とも言えない味わいがあります。

たとえば、六八段です。

筑紫《つくし》に何とかの押領使《おうりようし》とかいったような者がいて、大根を万能の霊薬だといって、毎朝二本ずつ焼いて食べることが、長年に亘《わた》った。

ある時、その者の館《たち》の中が人少なになるすきを狙って、敵が襲来して包囲して攻め立てたところ、館の中に勇士が二人現れ、命を惜しまず戦って、敵をみな追い返してしまった。たいへん不思議に思えて、「常日頃ここにいらっしゃるとも思えない方々が、このように奮戦して下さるとは、一体どのような方なのか」と尋ねると、「長年、信頼を寄せられ、毎朝毎朝お召しになっていた大根どもでございます」と言って消え失せてしまった。

篤《あつ》く信仰を捧《ささ》げていたので、このような御利益もあったということである。


（筑紫になにがしの押領使などいふやうなるもののありけるが、土大根《つちおほね》をよろづにいみじき薬とて、朝ごとに二つづつ焼きて食ひけること、年久しくなりぬ。

ある時、館の内に人もなかりける隙《ひま》をはかりて、敵《かたき》襲ひ来りて囲み攻めけるに、館の内に兵《つはもの》二人出で来て、命を惜しまず戦ひて、皆追ひ返してげり。いと不思議に覚えて、「日ごろここにものし給ふとも見ぬ人々の、かく戦ひし給《たま》ふは、いかなる人ぞ」と問ひければ、「年ごろ頼みて、朝な朝な召しつる土大根らにさぶらふ」と言ひて失せにけり。

深く信をいたしぬれば、かかる徳もありけるにこそ。）


ある人物が、大根は体にいいのだ、といって毎朝二本ずつ食べていたところ、その大根が二人の勇士となって現れ、ピンチを救ってくれた、という大根の恩返しです。「土大根」はいまの大根と同じものです。「何でも信ずればいいことがある」というのがオチです。

いつの時代とも明記されず、それはどうでもよいほど明快な話ですが、しかし、だいたいその背景が分かるようになっています。主人公は武士とも何とも書いていませんが、その原形のような立場の人と考えてください。まず舞台は筑紫、そして主人公は「押領使」でした。

筑紫は筑前《ちくぜん》・筑後《ちくご》両国、現在の北九州一帯です。古くから在地の豪族の勢力が強い地域で、しかも遠隔地ですから、当然、国内での対立抗争が非常に激しかった。すると中央から任命された国司《こくし》としても、地域の警察や治安の仕事は意に任せないわけです。そこで、こうした国々のために、平安時代中期に設置されたのが、「押領使」という役です。これは国司の命により、在地有力者が軍事指揮権を与えられ、奸盗《かんとう》を取り締まり謀《む》叛人《ほんにん》の鎮圧に当たります。押領使になれば国内で自分と対立する勢力を公然と処罰できることから、この権能を足がかりとして武士団へ発展した例が多いといわれます。権勢に誇るいっぽう、身の危険も大きかったことでしょう。

主人が住んでいたのは「館」ですが、これも、後世の武士の館と同じものでしょう。堀や垣根を廻《めぐ》らし、櫓《やぐら》を建て、防御に適した構造を持ちますから、敵の襲来を予想していたのでしょう。この話、ユーモラスないっぽう、その外側はなにやら不穏です。兼好《けんこう》は詳しく知らなかったのか、わざとぼかしたのか、「なにがしの押領使などいふやうなるもの」などと書いていますが、これだけで読者は、現代でいえば、「なになに組の親分とかいう人が組の事務所で毎朝大根を二本焼いて……」くらいの受け取り方をしたのだと思います。

兼好好みの「聞き違い」

兼好は食物が人間と会話する奇譚《きたん》に関心があったのでしょう、さらに話を続けます。六九段です。

書写山円教寺《しょしゃざんえんぎょうじ》の性空上人《しょうくうしょうにん》は、法華経読誦《ほけきょうどくじゅ》の功徳《くどく》が積もり重なり、六根浄《ろっこんじょう》の境地に達した人であった。ある時、旅先で仮小屋に立ち寄られたところ、ちょうど豆の殻《から》を燃やして豆を煮る音がぐつぐつと鳴っていた。上人がそれをお聞きになると、豆は「他人でないお前たちが、恨めしくも俺を煮て、つらい目に会わせるものだな」と言っていたのである。いっぽう、焼かれる豆殻がバチバチと鳴る音は、「自分から進んでするもんか。燃やされるのもどんなにつらいか分からぬが、どうしようもないことである。そんなに恨みなさるな」と聞えたのである。

（書写の上人は、法華読誦の功《こう》つもりて、六根浄にかなへる人なりけり。旅の仮屋《かりや》に立ち入られけるに、豆の幹《から》を焚《た》きて豆を煮ける音のつぶつぶとなるを聞き給ひければ、「うとからぬおのれらしも、恨めしく我をば煮て、からき目を見するものかな」と言ひけり。焚かるる豆幹《まめがら》のばちばちと鳴る音は、「我が心よりすることかは。焼かるるはいかばかり堪へがたけれども、力なきことなり。かくな恨み給ひそ」とぞ聞こえける。）

この話の主人公性空（九一〇〜一〇〇七）は平安時代中期の高僧ですが、かずかずの奇行で名高い人です。「法華読誦の功」、法華経をたいへん熱心に読んだおかげで(六万回といわれています)、六根、すなわち全身の器官が清浄となり、その功徳で、炊事《すいじ》で煮られる豆と、燃やされる豆殻とが会話するのが聞こえた、というのです。なるほど、徳の高い宗教者ともなると、動植物、あるいは非生物と会話できるという奇蹟《きせき》は、洋の東西を問わず、よく見かけます(西洋では、たとえば動物や自然と会話していたアッシジの聖フランチェスコがいます)。

高僧には、その法力《ほうりき》の高さを示す、奇蹟を集めた伝記が作られ、後世喧伝《けんでん》されました。性空にも何種類かの伝記があります。しかし、それらにこの話は見えないようです。というのも、この話、もともと性空の逸話《いつわ》ではないからです。

これは中国魏《ぎ》の詩人、曹植《そうしょく》(一九二〜二三二)のエピソードに発するものでしょう。曹植は文帝(曹丕《そうひ》)の弟で、卓越した文才の持ち主でした。文帝は即位すると、かつて自分の地位を脅かした曹植を迫害します。ある時、七歩進むうちに詩を作れ、できなければ処刑するとの難題を持ち掛けます。すると曹植は、

煮豆持作羹、漉豉以為汁、萁在釜下燃、豆在釜中泣、本自同根生、相煎何太急
（豆を煮てもつて羹《あつもの》を作る、豉《し》を漉《こ》して以《もつ》て汁と為《な》す、萁《まめがら》は釜の下に在りて燃え、豆は釜の中に在りて泣く、もと同根より生ぜしに、相ひ煎《に》ること何ぞ太《はなは》だ急なる）

という詩をたちまちに吟じ、文帝は大いに恥じた、というものです（世説新語《せせつしんご》・文学第四）。これは「七歩の才」といえば作詩の才能を指したくらい、人口《じんこう》に膾炙《かいしや》した故事です。明らかに性空の伝記とは無関係で、後世にとりこまれたとしか思えません。だいたい豆と豆殻と、血を分けた兄弟が相手を虐待する、というのがこの逸話の肝腎《かんじん》なところです。徒然草ではその点がほとんど生かされていません。

しかも、この話、何もコメントがない。性空の伝記としてはおさまりが悪いのです。するど、兼好は性空を讃美《さんび》するものではなく、高僧には炊事の音がそう聞こえた、ということをおもしろがっていたようにも見えます。

兼好は、そもそも正式な僧侶ではなく、もとより何も宗教的な実績はありませんが、高徳の僧は無生物の音さえ、有情《うじよう》のものとして聞くことができる、という点に興味があ

ったとすると、一四四段はいかがでしょうか。

栂尾《とがのお》の明恵《みようえ》上人が道をお歩きになっていると、川で馬を洗う賤《いや》しい男が、「脚、脚」と言っていたので、上人は立ち止まり、「ああ、なんと尊いことだ。前世で積んだ善根《ぜんこん》を現世で見事に完成させた方だ。阿字《あじ》・阿字と宇宙を創造する言葉を唱えるとは。どのような方のお馬か。この上なく尊く思えるのは」と尋ねられたので、「（検非違使《けびいし》庁の）府生殿《ふしようどの》の御馬です」と答えた。上人は「これはなんと素晴らしいことか。阿字本不生《あじほんふしよう》であったとは。なんとも喜ばしい機縁に巡り会ったことよ」と言って、感動で流れる涙を拭《ぬぐ》ったそうである。

（栂尾の上人、道を過ぎ給ひけるに、河にて馬洗ふをのこ、「あしあし」と言ひければ、上人立ちとまりて、「あなたふとや。宿執開発《しゆくしふかいほつ》の人かな。阿字阿字と唱ふるぞや。如何《いか》なる人の御馬ぞ。余りにたふとく覚ゆるは」と尋ね給ひければ、「府生《ふしやう》殿の御馬に候《さうらふ》」と答へけり。「こはめでたきことかな。阿字本不生《ほんふしやう》にこそあなれ。

うれしき結縁《けちえん》をもしつるかな」とて、感涙《かんるい》を拭《のご》はれけるとぞ。）

こちらは華厳宗中興《けごんしゅうちゅうこう》の祖で、栂尾の高山寺《こうざんじ》を開いた、明恵（一一七三～一二三二）の逸話です。鎌倉時代前期、旧仏教の立場から活動した高僧で、兼好とも近い時代の人ですが、敬虔苛烈《けいけんかれつ》な宗教心の持ち主でした。たとえば日本仏教の堕落に絶望して、はるかインドに渡ろうとしたり、修行に余計だからと、耳を切断しようとして大怪我をしたりと、過激な求道心《ぐどうしん》を持った人として知られています。

ひたすら教学《きょうがく》の研鑽《けんさん》に努めた人で、エピソードに事欠きませんが、仏教学の基礎である梵字《ぼんじ》（悉曇文字《しったんもじ》）＝サンスクリットには、学問的関心以上の思い入れがありました。「阿《あ》」とは、梵字の十二の字母のうち最初の文字です（「吽《うん》」が最後の文字です。ア・ウンの呼吸というのもこれです）。梵字は一字一字が諸仏諸尊をあらわし、これを種子（または種字）といいます。密教《みっきょう》では「阿」は大日如来《だいにちにょらい》を象徴し、「万有は本来不生不滅」という深い真理を含むとしています。

明恵には、「脚」が「阿字」に、「府生」が「不生」に聞こえたというのですが（「アジ」と「アシ」ですが、このような場合は表記だけを問題として清濁は無視します）、教学を夢中で研究するあまりの、聞き間違いでしょう。「府生」は衛門府《えもんふ》などの下級職員で、この場合は宣旨《せんじ》を受けて検非違使となっていた者だと思います。ちょうど京都府警の巡査部長くらいの身分の人です。彼のパトカー（馬）を下人が洗っていたら、妙なお坊さんがやって来て頓珍漢《とんちんかん》な受け答えを重ねたと考えてみて下さい。「宇宙の真理がここに」と勝手に感動して涙を流す明恵と、たぶんポカンとしている下人《げにん》と、二人の姿が目に浮かぶようです。

兼好は「感涙を拭はれけるとぞ」と結び、何も語っていません。しかし、その視点は推察できます。決して揶揄《やゆ》はしていませんし、敬意もあったでしょうが、共感とは言い難いと思います。いささか距離を置いて描き出しています。

図４　サンスクリットの阿字

奇蹟に対する距離の取り方

こうした、かれの視点をまとめるものとして、七三段が興味深いのです。長い段なので最後だけ取り出します。

とにかく、この世は嘘偽《うそ》りだらけである。ただ、どこにもある、ありふれた話だと思っていれば、万事間違いはないであろう。賤しい連中の噂話《うわさばなし》には、聞いてびっくりするようなことばかりである。立派な人は、怪しいことは口にしないものである。

そうはいっても、神仏の奇蹟や、聖人の伝記までも頭から否定すべきではない。これについては、(その中に混じる)俗っぽい作り話を信ずるのも(今述べたように)愚かしいし、「そんなことはありえない」とむきになって否定するのも仕方ないので、おおよそはさも本当にあったかのように応対して、むやみと信じたりあるいは疑ったり馬鹿にしたりはしないものだ。

(とにもかくにも、虚言多き世なり。ただ、常にある、めづらしからぬことのままに心得たらん、よろづ違《たが》ふべからず。下ざまの人の物語は、耳驚くことのみあり。

よき人は怪しきことを語らず。

かくは言へど、仏神《ぶつじん》の奇特《きどく》、権者《ごんじゃ》の伝記、さのみ信ぜざるべきにもあらず。これは、世俗の虚言をねんごろに信じたるもをこがましく、「よもあらじ」など言ふも詮《せん》なければ、大方はまことしくあひしらひて、ひとへに信ぜず、また疑ひ嘲るべからず。）

兼好は面白そうな話なんてものは、まず信用できない、とします。たしかに「怪力乱《かいりきらん》神《しん》を語らず」（論語《ろんご》のことばです）と言いたくなります。自分でも怪しいなと思っていても、耳を傾けてもらうために、誇張して、しかしさも真実らしく話すものです。だから「人から聞いた話だが……」といって吹聴《ふいちょう》するのは要注意でしょう。フェイク・ニュースに踊らされたり流されたりするのは、鎌倉時代でも現代でも変わらないと思わせます。

しかし、徒然草には、どう考えても虚誕としか思えないような、無責任な話を書き留めていたのですから、いまさらこんな綺麗事《きれいごと》を語るのはずいぶんな豹変《ひょうへん》、矛盾ではないか、と思われるでしょう。

たしかにそうですが、兼好は、神仏の起こした奇蹟や、権者の行いを、むきになって否定するのも大人げない、ともします。「権者」とは、高徳の僧を指して、衆生を導くために、神仏がかりに現世に人間の姿で現れたとするものです。性空や明恵はまさにそういう存在です。権者の権者たるゆえんは、さまざまな奇蹟でした。カトリック教会における聖者・福者の認定（列聖・列福）にも、奇蹟の報告が必要ですが、こんなものは疑っていたらきりがありませんし、無用の論争を惹《ひ》き起こすだけです。性空や明恵の逸話も、ファナティックな宗教心の起こした聞き違い、ということになってしまうでしょうが、そんなことを言っても何も生産的なものは生まないでしょう。

中世にあっては不信心者ともいえる兼好ですが、その筆致《ひっち》にかかると、かえって取り上げられた宗教者の像は生き生きとしていると感じます。対象との適度な距離によって、また余計なコメントをほとんど附さないことで、一途《いちず》の宗教心の強さのなせるわざを描き出し、その反面の危うさまで、かれは意図しなかったながらも、見事に提示していると思います。

第五章

捨ててよいのですか？

最も人気のない箇所

徒然草《つれづれぐさ》のもう一つの特色に、尚古《しょうこ》思想があります。尚古思想といっても内容は幅広いのですが、兼好《けんこう》の時代では、現在を陵遅《りょうち》（衰えておちぶれた状態）とみなし、過去には淳素《じゅんそ》（まともで質朴な状態）が実現されていたとみて、これを理想とするものです。

後醍醐《ごだいご》天皇はじめ、当時の公家《くげ》が有職故実《ゆうそくこじつ》（朝廷の制度や儀礼など公家社会のさまざまなしきたり）に関心を持って研鑽《けんさん》に努めたのも、この考え方から出ています。また鎌倉幕府が出した「永仁《えいにん》の徳政令」は、御家人《ごけにん》が売却質入れした所領の無償とりもどしを定めたもので、後世悪法として批判の対象になったのですが、その精神は要するに社会を鎌倉幕府の草創期に戻すためであり、だから徳政（善政）であったのです。尚古思想そのものは普遍的で、当時の知識人の書いたものにはかならず底流しているわけです。

兼好も、「何事も古き世のみぞ慕はしき（何事につけても昔の世ばかりが慕わしい）」（二二段）、「かやうの物も、世の末になれば、上ざまままでも入りたつわざにこそ侍《はべ》れ（こういうものも、末世となると、社会の上層まで入り込む次第です）」（一一九段）なども、変化に否定的な発言を繰り返します。しかし目新しさもなく、処方箋《しょほうせん》を述べるわけでもないので、軽く受け流されるのですが、ここでそのような尚古思想の具体的な事例とみなされる、九九段と一〇〇段を取り上げます。

あえて二つの段をまとめて掲げます。一〇〇段は短くて最後の三行（原文では二行）だけです。

堀川太政大臣基具公《ほりかわだじょうだいじんもとともこう》は、美男で裕福な方で、何につけても豪奢《ごうしゃ》なことを好まれた。御子息の基俊卿《もととしきょう》を検非違使別当《けびいしべっとう》に据《す》えて、庁務《ちょうむ》を執《と》られた時、庁舎の唐櫃《からひつ》がみすぼらしいとして、立派なものに新しく作り替えられるよう命じられたところ、先例に明るい下級幹部職員たちが、この唐櫃ははるか古代から伝わり、その起源も分からず、少なくとも数百年は経ている。代々伝わる官有物は、古くて傷んでいることを名誉としている。そう簡単に替えられないとの旨、申し上げたので、沙汰止《さたや》みになってしまった。

久我太政大臣通光公《こがだじょうだいじんみちてるこう》は、清涼殿《せいりょうでん》の殿上《てんじょう》の間で水を召しあがられた時、宮中の雑務を担当する下級女官が土器《かわらけ》を差し上げたところ、「まかりを持って参れ」とおっしゃって、まかりでお上がりになった。

（堀川相国《ほりかはのしやうこく》は、美男《びなん》のたのしき人にて、そのこととなく過差《くわさ》を好み給《たま》ひけり。御《おん》子《こ》基俊卿を大理《だいり》になして、庁務おこなはれけるに、庁屋の唐櫃見苦しとて、めでたく作り改めらるべきよし仰せられけるに、この唐櫃は、上古《しやうこ》より伝はりて、その始めを知らず、数百年を経たり。累代の公物《くもつ》、古弊《こへい》をもちて規模《きぼ》とす、たやすく改めがたきよし、故実《こしつ》の諸官等《しよくわんら》申しければ、そのことやみにけり。

久我《こがの》相国は、殿上《てんじやう》にて水を召しけるに、主殿司《とのもづかさ》、土器を奉りければ、「まかりを進《まゐ》らせよ」とて、まかりしてぞ召しける。）

この二つの段は、徒然草の中でも最も人気がない、まして本書のようなガイド的な書物では、まず取り上げられないといってよいでしょう。有職故実を話題としているからで、公家社会では多少の意味を有したこれらの逸話や知識も、われわれにはなんら実感を伴わない瑣《さ》末《まつ》なしきたりに過ぎず、ことに一〇〇段では、久我通光という大臣が、土器ではなくて「まかり」で水を飲んだ、というだけです。そこから何を読み取ったらよいのかまったく分からない、というのが正直なところでしょう。

　まず、これは単独で取り出しては分からない段だと思います。現在のように、序と二四三の章段に分けたのは江戸時代前期で、それ以前の章段の分け方はもっと大らかでした。明らかに連想が働いてもいるので、続けて読んだ方が適切である場合も多いことは

図５　堀川基具（『天子摂関大臣御影』）

図６　久我通光（『天子摂関大臣御影』）

今まで触れた通りです。一〇〇段などはむしろ九九段と切り離してはいけなかったのではないでしょうか。

おんぼろ書類ケース

では九九段から解説してみましょう。この段では、堀川基具（一二三二〜九七）という太政大臣が登場します。美男で裕福だったというのですが、実際派手好きだった。その基具が「御子基俊卿を大理（検非違使別当の唐名）になして」とあります。まず、これに注目します。

検非違使庁（略して「使庁《しちょう》」と言います）は、中世の朝廷では、きわめて重要な組織です。京都の警察・裁判・徴税、果ては洛中《らくちゅう》のインフラ整備や道路の清掃などまで、一手に引き受けていた役所です。

その長官を別当といい、名門の公家の子弟が若い時に就く、名誉あるポストです。しかし何といっても業務は多岐《たき》に亘《わた》りますから、ノウハウが必要です。実際には、別当の父や祖父などが、検非違使に選抜された衛門府《えもんふ》の官人（六位相当の尉《じょう》・志《さかん》。下級幹部職員）を指揮して、使庁の実務（庁務）を行っていたことが多いようです。いわば、ある家が、使庁そのものを丸抱えしていたともいってよいのです。私物化の最たるものですが、日本では昔から、ほんらい国家が責任を持つべき権能を、外部の請負で済ませようとする傾向があります。

したがって、使庁の官舎も、内裏《だいり》には存在せず、別当の私邸が宛てられます。この九段も、基具が、二男の基俊を検非違使別当に据えて、庁始（仕事始め）を堀川邸で行った時のエピソードとなります。史実では弘安《こうあん》八年（一二八五）のことです。ちょうど、兼好が生まれたと考えられている頃です。

さて、その庁始に際して唐櫃が問題となりました。唐櫃は使庁付属の物品で、別当が交代すると官人がそれを担いで新しい別当の家に持って来て、据え付けました。引き継ぎのロッカーのような感じでしょうか。それがあまりに汚かったので、基具は「捨ててしまって、もっと綺麗《きれい》なものにしなさい」と言ったのです。すると使庁の官人から「何百年も前から伝わっているものです、簡単には替えられません」と反論され、それっきりとなってしまった。そういう話です。

多くの場合、兼好は保守的な思想の持ち主であり、何でも古いものを尊ぶべきであると主張している、と簡単に結論されてしまうのですが、しかし、その前にいろいろなことを知っておいて、考えなければいけない段です。

この唐櫃は、脚付きの木製の櫃だったことが分かっています。ただ、持ち運びができるから、比較的小さいものです。堀川家のつぎの庁務は西園寺《さいおんじ》家で、その時、別当になったのは公衡《きんひら》（一二六四〜一三一五）という人物で、八三段にも登場しますが、たいへん筆まめな公家で、自宅での庁始のもようを日記に詳しく書き遺しています。これによると、「件《くだん》の辛（唐）櫃は庁始以後に立つるなり」とあり、色は赤、寸法は高さ一尺五寸、長さ二尺一寸、広さ（幅か）一尺四寸とあり、やはり大きくはないです。大きな旅行鞄《かばん》くらいです。

それでは、これに何を入れていたのか、というと、実は何も入っていなかったと思います。これは一種のレガリア（正統性を保証する宝物・霊器）なのです。三種の神器と同じ、象徴の役目を果たしていたのでしょう。だから大事にされたのです。

霊器もほんらいは用途があったはずです。この唐櫃も何かを納めていたでしょう。それは「庁例《ちょうれい》」と呼ばれる文書だったはずです。検非違使庁は裁判所でもあり、数百年間、京都市内を中心に、刑事・民事両方に関わってきましたので、その判例を指します。根本の法である「律」は古すぎてもはや役立ちませんから、「庁例」が事実上、本邦の法令集・判例集として蓄積されていたわけです。唐櫃にこれらが納められて、次の別当に伝えられていったのでしょう。しかし、実際には膨大《ぼうだい》な量です。全部入るわけがないですし、入れたら壊れてしまうでしょう。まったく別のところに保管されていたか、あるいは書物の形で整理されていたと思います。

図７　朱漆唐櫃（鎌倉時代、称名寺所蔵、『仏教説話の世界』神奈川県立金沢文庫、2015 年より転載）

　では官人が何でそんなおんぼろの書類ケースの廃棄に反対したのかというと、やはりそれが使庁の長年培《つちか》ってきた伝統を体現しているからでしょう。しかも、ことは法律を扱う役所です。過去の判例が何より大事なはずです。簡単にこれを替えることは混乱を生ずるばかりか後世にも禍根《かこん》を残します。検非違使別当にも、質の善し悪しはあったようで、二〇六・二〇七段では徳大寺《とくだいじ》家の当主、太政大臣実基《さねもと》（一二〇一〜七三）が、同じく息子を別当にして庁務に臨《のぞ》んだときのエピソードが載っていますが、ここでは見事な差配をしています。残念ながら堀川家は、別当を出したのが、基具の祖父以来、五十年ほど絶えていたせいもあり、そういうさばきができず、初日から官人たちの反撥《はんぱつ》を買ってしまったわけです。

こうして具体的に見てくると、これはただ単に「古いものを大事にしろ」というのとは、少し違うと思います。

一事が万事です。基具は強引に、いきなり自分たちの頭越しに伝統を変えそうになった、それに対する抵抗なのです。実務に携わる検非違使の官人たちが、これはもう数百年伝わっているものだから、いくら御意向でも簡単に変えることはできません、と言ったのは、我々の意向を無視して新しいことをしても、うまくいきませんよ、というアピールです。基具たちが何も反論できずに沙汰止みになってしまった、という結果は、当時の公家社会でも、実務を担当する人々に主導権があったことをまざまざと見せつけます。兼好は明らかに後者に共感しているし、実際、彼もそのような層に属して活動していたのです。

「まかり」の謎

それでは一〇〇段に移ります。登場人物は久我通光（一一八七〜一二四八）で、新古《しんこ》今集《きんしゅう》に入集した歌人でもあり、著名な女房日記のとはずがたりの作者の祖父に当たります。ここでは基具と同じく太政大臣、しかも同じ村上源氏《むらかみげんじ》出身であることが重要でしょう。基具の祖父通具《みちとも》は通光の兄です。

通具と基具とを対照していることは分かりますし、どうやら「まかり」で飲むのが正式であり、土器《かわらけ》で飲むのはダメで、何となく通光の振る舞いを是としているようには読めるのですが、これまでは何ともよく分からない段とされていました。その要因が、通光が使った「まかり」とは何か分からない、ということです。

土器とは、素焼きの器です。うわぐすりを掛けないで焼いた器です。中世武家の城館跡を発掘すると大量に出土します。現代でいえば、紙コップや紙皿です。宴会をするときに使いますね。土器も一度使用すれば、捨てたわけです。非常に簡便なものであった

図８　かわらけ（鎌倉時代、神奈川県立歴史博物館提供）

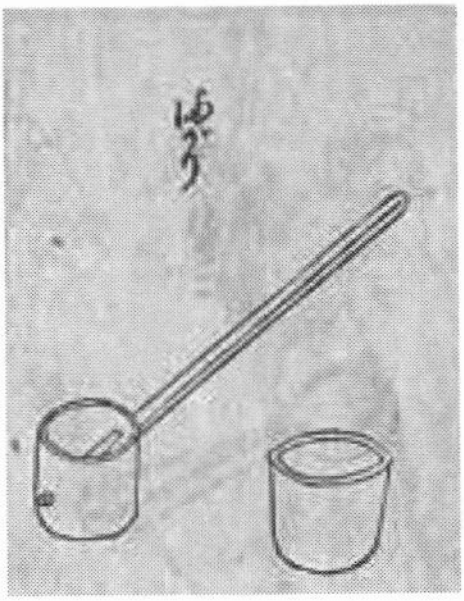

図９「まがり」（徒然草直解）

というわけです。

重いので馬や人が運んだら難《なん》儀《ぎ》ですが、中世には水運が発達したので、それを活用したようです。だから三方を山に囲まれた鎌倉でも、かつて北条氏《ほうじょうし》一門の屋敷が建ち並んでいた地域を掘ると、地中から土器がざくざくと出て来ます。京都の公家社会にも土器はもちろん入り込んでいました。当時は飲食時に土器を使うのはごく一般的なことだったと考えられます。

しかし、「まかり」の実態は、どうにも分からないのです。お盆なのか、器なのか、柄杓《ひしゃく》なのか。たとえば、岡西惟中《おかにしいちゅう》という、十七世紀末の俳諧師《はいかいし》が著した注釈書、徒然草直解《じきげ》は、徒然草に出て来る主要な動植物や器物について図解してくれる、ユニークな注釈書ですが、「まかり」を見ると、ひしゃくのような絵が描いてあります。しかし、こ

図10　殿上の間（藤岡道夫『京都御所』彰国社、1956年より転載）

れは根拠があってのことではないようです。

これまで見落とされていたのは、一〇〇段の場面が「殿上」だということです。殿上の間とも言います。内裏清涼殿の南端にある、殿上人の控え室です。手前に沓脱《くつぬぎ》という出入口があって、そこから入って、歓談したり飲食をします。台盤《だいばん》、つまりテーブルが据えられています。この場での作法なのです。殿上の間は控え室とはいえ、壁のすぐ向こうは天皇の居住空間ですから、気を遣うところです。壁には櫛形《くしがた》の穴という覗《のぞ》き穴があって、天皇も退屈しのぎに覗いていたらしい（この穴のことも二三段に出て来ます）。さて、殿上の台盤に着いて飲食するのは、天皇の特別なはからいであって、殿上人という特権的身分を象徴します。すると台盤もまた、単なる調度品にとどまらない意味を帯びていたことでしょう。そして台盤には、飲食のための容器が当然附属していました。「まかり」とは、そのようなものなのです。

ところで、廷臣が昇殿を許される、つまり殿上人になると、御礼言上（拝賀奏慶《はいがそうけい》）に参内《さんだい》し、蔵人頭《くろうどのとう》（蔵人のトップ、殿上を管領します）に紹介され、殿上の簡《ふだ》（名簿）を立ててもらいますが、この時、殿上の間で台盤に着して飲食することになっています。

久我通光が歿《ぼっ》してすぐですが、建長《けんちょう》八年（一二五六）六月十九日、時の関白兼平《かんぱくかねひら》の嫡《ちゃく》子《し》、基忠《もとただ》が殿上に初めて着した時のありさまを、蔵人頭であった吉田経俊《つねとし》が、自分の日記に詳しく記しています。「夜に入りて参内す、今夜殿《との》の中将殿（基忠）、加階並びに中将の御拝賀なり、次に御参内」とある。十歳の基忠は殿上の口に立ち、天皇にその旨を伝えてもらいます。次に殿上の簡を立ててもらい、台盤に着くと、一〇〇段にも出て来た主殿司が湯漬《ゆづけ》三杯を運んで来ます。そこにこのようにあります（なおこの記事は経俊自筆です）。

中将殿ばかり、なほ罷を用ゐて、土器を用ゐず。九条殿《くでうどの》の御流は土器を用ゐると云々《うんぬん》、近衛殿《このゑどの》の御流は然《しか》らずと云々。

この「罷」とは「まかり」の宛字です。殿上が場ですから、明らかに問題としている容器の「まかり」を指します。なお、今までは徒然草の本文はすべて「まがり」と濁点を付けていましたが、根拠はありません。いっぽう同じ鎌倉時代の文献で「罷」としていますから、清音としなければならないことが分かります。

関白の若君ですから、お付きの殿上人がついてくる。その人たちも殿上で飲食するけれども、それは土器で、基忠だけ「まかり」を使ったと書いてあります。これは近衛家《このえけ》の作法だということです。同じ摂関家《せっかんけ》でも、新しい分家である九条家《くじょうけ》では、このような時に土器を用いるとも述べています。兼平は近衛家から分かれた鷹司家《たかつかさけ》の祖です。近衛家は摂関家の嫡流《ちゃくりゅう》なので、古い作法だということも察せられます。

「まかり」か「土器」のどちらかを用いるかという選択は、初めて殿上に着する儀式で、しばしば問題になっています。通光も、そうだと考えてよいかも知れません。通光が昇殿を許されたのは正治《しょうじ》二年（一二〇〇）です。この年まだ十四歳ですが、年少なのに立派な振る舞いをした、ということで語りぐさになったとすればよく分かる話です。また、ちょうどその頃、藤原定家《ふじわらのさだいえ》の日記、明月記《めいげつき》にも同じ内容があります。承元《じょうげん》元年（一二〇七）八月十日条に、これも近衛家の若君ですが、関白家実《いえざね》の二男基教《もとのり》が初めて殿上に着したことを蔵人頭藤原光親《みつちか》が定家に語っていて、続いて、

台盤の飯、例の合子《がふし》〈但し新しき合子、〉を用ゐる、汁物《しるもの》・湯漬《ゆづけ》に於《お》いては土器を用ゐる。

とあります。殿上に着いたとき、飯はいつもの「合子」を使った、ただ新しいものだった。汁や湯漬は「土器」を用いた、ということです。この「合子」こそ「まかり」とイコールでよいと思います。

「合子」とは、蓋《ふた》つきのお椀《わん》のことです。図に掲げた挽入売《ひきいれうり》の絵にも「因幡合子《いなばごうし》」が描かれていますが、これは因幡国（現在の鳥取県）名産の、美麗に彩色された、漆塗りの

工芸品のようです。ほんらいは木彫りの素朴な器なのでしょう。

古くて汚いけれど

それでは、なぜ殿上では、「まかり」つまり「合子」を使う、使わないが問題になるのかは、枕草子《まくらのそうし》を読むと分かります。

図 11　因幡合子（『七十一番職人歌合』挽入売）

> すっごくきたないもの。なめくじ。おんぼろの板の床を掃く箒の先端。殿上の間の合子。（二四八段）
>
> （いみじうきたなきもの。なめくぢ。えせ板敷の箒《ははき》の末。殿上の合子。）

要するに、殿上の間の「合子」は、ものすごく汚かったのです。

これはみなさん、クラブ活動の部室にある備品などを想像していただきたいですが、公共のものって、えてして古びていて不潔です。みんなが飲むのに、ちゃんと洗わないでしょう。だから、誰もそんなものでは飲み食いしなかったと思うのです。明月記の記事は、若君が不憫《ふびん》なので、新しい合子にしたということでしょう。でも一〇〇段の通光、あるいは経俊卿記の基忠は、しきたりなので、殿上に据え付けられている、公設の合子で飲んだ、ということです。

なお、枕草子では「清しと見ゆるもの。土器。新しきかなまり。畳にさす薦《こも》。水を物に入るるすきかげ。（綺麗に見えるもの。土器。新しい金属製の椀。畳の表面のイグサ。水を物に水を入れてできる透影。）」（一四四段）とも言っています。対照的に、土器は清潔だったのです。

「合子」を、なぜ殿上では「まかり」と言うようになったかというと、「まかる」とは尊貴のところから退出することですから、御下がりをいただくという意であったと思います。殿上の間で飲食するのはさきに記した通り、天皇の恩寵《おんちょう》ですから、謙遜《けんそん》して「まかり」と言ったのではないでしょうか。

九九段と一〇〇段とは一緒に読まなければなりません。九九段は古くて汚いからといって、公けのものをすぐ捨てようとする話。一〇〇段は、古くて汚くて、我慢できないけれど、公けのものだからそれを大事にする話。明らかに対照させています。

兼好はもちろん、一〇〇段に強く共感しています。これは、単に古いから良いとする懐旧《かいきゅう》の念とは少し違います。伝統文化の継承という面で見れば、時流に迎合して、簡単に物事を捨て去ってしまうことほど恐ろしいことはないのです。とりわけ、それが多くの人にとり物の考え方の基準となっている場合は。古くて汚いという単純な理由で、替えてはいけないものを簡単に替えてしまうことの愚かさ・軽薄さということを教えています。現代にも通ずる警告です。

ところで兼好の友人で、和歌四天王の一人頓阿《とんな》が、歌論書の井蛙抄《せいあしょう》に、こんな逸話を伝えています。

ある人が、藤原為家《ためいえ》（定家の子。一一九八〜一二七五）に、「堀河百首《ほりかわひゃくしゅ》（六六ページ参照）

は、人々に親しまれた名歌はともかく、それ以外の歌は、近年の撰集《せんじゅう》などに入集すると、少しも素敵だと思えません。近代人の和歌などにさえ劣って見えるのはどのようなことでしょうか」と尋ねたところ、為家はこう答えるのです。

殿上台盤は古びているけれども公器である。因幡合子の、漆を丹念に塗って、絵を美しく描いたようなものは、人前には出せない。堀河百首は殿上台盤、最近の歌は因幡合子のようである。

（殿上台盤は古《ふ》りたれども公物なり。因幡合子の塗りすまして絵美しくかきたるは人前には出でがたし。堀河院百首は殿上台盤のごとし、近日の歌は因幡合子のごとし。）

これも注意されることのない話ですが、殿上の台盤が附属品の飲食器も含んでいるとすれば、言いたいことは非常によくわかります。古くて汚いけれど、由緒があって伝わっているからこそ、人前に出る、晴れの日に使うのだと。最近は因幡合子（図11参照）という、絵がきれいに描かれた工芸品があるが、そんなものは人前では使えないのだ、ということです。内容は歌論ですが、兼好と同じ考えに立っています。文学論として共感するかは別として、それが現代に受け容《い》れられないように見えても、すでに社会的な存在である以上、意味のあるものなのだ、ということでしょう。

それにしても、この九九・一〇〇段、背景さえ分かれば、決して退屈でも、難解な話でもないと思います。むしろ簡潔で、たとえは具体的であって、私たちにいろいろと考えさせます。自分たちには何だかよく分からないからといって、これは無価値である、としてはならないと思います。

第六章

太平記の兼好

ラブレターの代筆

兼好《けんこう》の伝記は、身分のない遁世《とんせい》歌人としては、わりあい明らかになっていますが、多くの足跡は近代以後になって知られるようになったものです。それ以前は、徒然草《つれづれぐさ》と家集を除けば、兼好が登場する文献といえば軍記物語の太平記《たいへいき》くらいでした。

太平記は、後醍醐《ごだいご》天皇と鎌倉幕府の抗争に始まる、半世紀の南北朝動乱を描く軍記物語です。小島法師《こじまほうし》の作と伝えますが、どのような人物かは不明です。四十巻と厖大《ぼうだい》な分量があり、何段階かにわたって増補されていったと言われます。

厖大な太平記において、兼好は、ある章段で少し顔を見せるだけの脇役に過ぎないのですが、有名で面白い内容なので、その部分を紹介してみたいと思います。

それは巻二十一で、つぎのような逸話が載っています。室町幕府草創間もない頃、将軍尊氏《たかうじ》の執事で、権勢を振るっていた武蔵守高師直《むさしのかみこうのもろなお》は、女性関係もたいへん派手でしたが、同じく幕府の部将で、出雲《いずも》の守護であった塩冶《えんや》高貞《たかさだ》の妻の評判を聞いて、勝手に懸《け》想《そう》してしまいます。そこで高貞の妻との仲を取り持つよう、侍従局《じじゅうのつぼね》という女房に頼みますが、なかなかうまく行きません。そこで、今度は艶書《えんしょ》(ラブレター)を送ります。この時、兼好が召されて、師直の思いを代筆したとあります。

侍従局が帰って来て、こんなふうだったと報告すると、師直はいよいよ心が上の空になり、「回数を重ねれば、憐《あわ》れんでくれる心も起こるはずだ。手紙を送ってみたい」ということで、兼好といった書に秀でた遁世者を呼び寄せて、表は紅、裏は青の薄い斐《ひ》紙《し》に、持った手からも煙が立たんばかりに香《こう》を焚《た》きしめ、文を行きつ戻りつ、紙面が真っ黒になるほどにして送り付けた。返事を今か今かと待っていたら、やがて侍従がやって来て、高貞の妻は「御手紙を手には取りながら、開けて御覧にさえならず、庭に捨てられてしまったものを、人目に懸けまいと取って戻ってまいりました」と語ったので、師直はひどく機嫌を損じて、「まったく、物の役に立たない者は代書屋という奴だ。今日以後、兼好法師はこちらに立ち入ってはならぬ」と怒ったのである。

(侍従帰りて、かくこそと語れば、師直、いよいよ心あくがれて、「度重ならば、情けに弱る心もなどかなかるべき。文をやりてみばや」とて、兼好といひける能書《のうしょ》の遁世者を呼び寄せて、紅葉《もみぢ》重ねの薄様《うすやう》の、取る手も燻《く》ゆるばかりなるに、引き返し引き返し、黒み過ごしてぞ遣《つか》はしける。返事遅しと待つところに、やがてまうで来て、「御文をば手に取りながら、あけてだに見給《みたま》はず、庭に捨られたりつるを、人目に懸けじと取つて帰り候ぬる」と語りければ、師直、大きに気を損じて、「いやいや、物の用に立たぬ物は手書《てか》きなりけり。今日よりして、兼好法師、これへ経《けい》廻《くわい》すべからず」とぞ怒りける。）

こうしてものの見事に艶書作戦は失敗し、師直は兼好のせいにして、出入り禁止にしてしまいます。次には、師直の家臣で歌人でもあった薬師寺公義《やくしじきんよし》という武士が、「人皆岩木《いはき》ならねば、詩歌《しいか》になびかぬ者や候ふべき（人間は誰も心がありますから、詩歌に感動しない者はおりますまい）」と言って、和歌一首を代作して遣わすと、さすがに女も返歌だけは返して来ました。師直は「御辺《ごへん》は弓箭《きゅうせん》の道のみならず、歌道さへ達者なりけり。いで、引出物せん（おぬしは弓矢の道ばかりか、歌道にも秀でているな。さあ、褒美を取らせよう)」と感激します。太平記は「兼好が不運、公義が高運、栄枯一時《えいこいつし》に地を易《か》へたり」と結びます。

この後、恋慕はエスカレートし、師直は高貞の妻の入浴を覗《のぞ》いたり、ストーカーまがいの行為を重ねます。ついには高貞が邪魔だと妬《ねた》み、将軍に讒言《ざんげん》します。たまりかねた高貞が出雲国に逃げようとすると、すわ謀叛《むほん》の企てが露顕《ろけん》したとして追撃させ、遂《つい》に高貞一家は旅路で非業《ひごう》の最期を遂げる、と展開していきます。

太平記は、史実に取材しています。出雲守護塩冶高貞が謀叛の疑いで滅んだのは、暦応《りやくおう》四年(一三四一)三月に実際に起きた事件です。しかし、これは高貞がもともと後醍醐《ごだいご》天皇と関係が深かったことが原因であり、師直が関与したことも確認されていません。

この悲劇は、師直を貶《おとし》めるための太平記の脚色であるとの説が有力です。そもそも太平記の作者は高師直の一門に対して、これでもかとばかり悪行を書き立てます。師直も多少の非法は働いたようですが、当時の幕府の大名、あるいは南朝の武将に比較しても、非難される点は少なく、最近ではむしろ保守的な政治家であると考えられるようになりました。鎌倉時代から続く、御家人《ごけにん》きっての名門足利《あしかが》氏に、これも鎌倉時代から執事として仕えた家柄なのですから、そういうことなのでしょう。中世史学の進展で、評価が一八〇度変わった人物の好例でしょう。

教科書としての太平記

それでも、太平記の話、あまりに極端だとは思いませんか。師直はこれでは本当に無教養で羞恥心《しゅうちしん》もない、極悪人です。分かりやすすぎるくらいです。当時の人でさえ、これほど強烈なキャラクターを、実在の人物であると受け取ったか、疑問に思います。

また師直の書かせた艶書ですが、これにも際立った特徴があります。「紅葉重ねの薄様」、つまり表は紅、裏は青の、薄い斐紙だったというのは、いかにも悪趣味です。また良い香りがするようにと触れた手まで匂うほど香を焚きしめたのは行き過ぎです。しかも相手に初めて思いを伝える時は、できるだけ文章は略す、歌一首だけで足りるのに、文を「引き返し引き返し、黒み過ごして」記したのは論外です。当時の仮名の手紙は、散らし書きといって、一、二文程度のフレーズを飛び飛びに、紙の中央から始めてだいたい反時計回りに書いていきます。文章は簡潔に、余白が十分あるのが美しいわけです

図12　太平記絵巻第7巻第13紙（埼玉県立歴史と民俗の博物館・提供）

が、長い文章だと紙面が黒く見えます。要は、してはいけないことを全てしたのです。

男女のあいだでやりとりされる艶書は、自由に書いてよいものではなく、実は定められたスタイルがあって、作法にのっとって書くものでした。こうした作法を無視するものは、手紙を受け取ってもらえず物笑いの種となる、ということを教えているのです。いかに権勢振るった武士だろうが、関係ありません。太平記は、師直を嗤《わら》い飛ばしながら、いっぽうで艶書はどのように書けばよいかを、さりげなく読者に教えているのです。

太平記は要するに教科書なのです。子供向けの学習漫画で、それぞれの性格や役回りがはっきりしたものがあるでしょう。ふだんの連載でおなじみの人物が登場して、歴史上のストーリーに仕立てたものに近いです。

往来物《おうらいもの》と呼ばれる書物があります。架空の人物間の手紙のやりとり（往来）で構成されます。江戸時代には寺子屋の手本となりますが、往来物の代表である庭訓往来《ていきんおうらい》が成立したのが、この南北朝時代であることは注目すべきでしょう。これは十二か月、それぞれの時候の挨拶《あいさつ》文を記し、さまざまなシチュエーションにのっとり、学芸から風俗までを話題とし、さまざまな語彙《ごい》や知識を学ぶ、教科書なのです。なんらかのストーリーに載せて、知識を習得する仕組みです。太平記は巨大な往来物のようなものである、と言った人もいます。

したがって、こうした艶書を送りつけて拒否されたという話が、史実であったか否かを詮索《せんさく》してもあまり意味がないのです。いっぽう、師直のもとに兼好が出入りしていたという設定そのものは、他の確実な史料によって裏付けられます。だから二人の関係を戯画的に、しかし一面ではかなり真実に近くとらえている、と言えそうです。

注意すべきは、新しく時代を支配した武士であっても、社会生活を送るには伝統的な知識が必須であったことです。たとえばラブレターの書き方なんてものは、ごくプライヴェートな事柄に思えます。しかし、これは、知らない相手に対して、どのように振舞えば、伝えにくい内容でも読んで貰《もら》えるかという、一般的な対人の作法としても受け取れます。このような手紙を書くのに知っておくべき礼儀作法を書札礼《しょさつれい》と言います。

こうしたことを無視してしまうと、その社会では生きていけなくなります。動乱の時代だからこそ、社会を安定させ、秩序をもって運営していくための規範が重視されます。武士が馬道・鷹道《ようどう》をはじめ、書札礼や立ち居振る舞いまで熱心に研究するようになるのもこの時代です。そこでは公家から学んだ内容が多い。しかし、直接、武家が公家を師範とするのはいろいろな障碍《しょうがい》があり、身分の差がありすぎたのですが、兼好のような、ある意味「軽い」身分の人は相談しやすく、時にはメッセンジャーや代筆もしてくれる便利な存在でした。兼好はこの後も、室町幕府の中枢にいた師直や三宝院賢俊《さんぼういんけんしゅん》のために大いに働いています。太平記の作者は、師直に尽くして、有名であった遁世者として兼好を出して、損な役回りを振り当てたのでしょう。当時の人には、二人の関係はよく分かったでしょう。

権力者との距離

ただ、太平記がこのような形で兼好を登場させたことは、後世、思わぬ波紋を呼びました。徒然草がベストセラーとなり、作者兼好も超有名人となった江戸時代、この太平記の記事が俄然《がぜん》注目を集めたのです。その当時すでに、兼好は神道家の公家、吉田家の出身で、出家前は後醍醐天皇の近臣であった、という説が信じられていたので、これはたいへん具合が悪いことでした。だってそうでしょう。徒然草のうちで、権力者のもとに出入りすることを極端に忌避《きひ》し、「さるべきゆゑありとも、法師は人にうとくてありなん。(しかるべき理由があったとしても、法師は世間の人とは疎遠でありたいものだ)」(七六段)とか、「すべて我が俗にあらずして人に交はれる、見苦し(自分の属する生活圏ではない、外部の人と交際しているのは、およそ見るに堪えない)」(一六五段)などと偉そうに述べていた人が、よりによって師直の使い走りをして、ぶざまな醜態《しゅうたい》を晒《さら》しているのですから。

そこで、江戸時代の学者は、生涯最大の誤りであったと批判したり、遁世者なのだから時流に従うのは仕方がないと弁護したり、兼好は実は南朝のスパイであり、室町幕府の首脳間に間隙《かんげき》を生じさせる謀略があったのだともっともらしく語ったりと、さかんに議論をしています。近代に入っても、兼好はあくまで、古い伝統を尊重する公家の出自であると考えられていましたから、このエピソードは「不都合な真実」です。そういう点から、太平記の虚構であるとして否定し去る傾向がありました。

しかし、兼好の社会的な役割は、後に述べるように、鎌倉・室町二つの幕府の間で変わっていないと見るべきです。むしろ太平記は、フィクションとはいえ、当時の武家政治家と遁世者との関係を実に鮮明に切り取っていると言えます。明治時代はじめ、久米《くめ》邦武《くにたけ》という学者は「太平記は史学に益《えき》無し」と言い放ちましたが、むしろ他の史料では見えて来ない、このような歴史の裏側を伝えてくれています。

なお、この塩冶判官の悲劇は印象的であったせいか、しばしば後世の文学者をインスパイヤしました。最も有名なのは仮名《かな》手本忠臣蔵《てほんちゅうしんぐら》でしょう。元禄十五年（一七〇二）の赤穂浪士《あこうろうし》の討ち入りを題材としたものですが、浅野内匠頭《あさのたくみのかみ》を塩冶判官、吉良上野介《きらこうずけのすけ》を高師直に置き換えてストーリーを展開しています。幕府の法律では時事問題は文学にすることは禁止されていたからですが、江戸時代は、太平記が庶民にも非常に親しまれていたから、この置き換えが容易に成立しました。

これより早くに演劇化したのは近松門左衛門《ちかまつもんざえもん》の浄瑠璃《じょうるり》です。兼好法師物見車・碁盤太平記という連作として、宝永《ほうえい》七年(一七一〇)に上演されています。ここでは兼好は色恋の道に通じた優男《やさおとこ》として造型されています。

【もっと知りたい人に】

太平記は、最近、岩波文庫に古態本の西源院本が校注つきで収められました。本章での引用もこれによります。ただ、平家物語《へいけものがたり》ほどではありませんが、本によって内容にかなり違いがあります。記事がより豊かな天正本《てんしょうぼん》を収めた小学館の新日本古典文学全集もぜひ参照して下さい。また書札礼は古文書学の一分野として研究されますが、小松茂美『手紙の歴史』(岩波新書、岩波書店、一九七六年)があります。近年の室町幕府研究の進展により、高師直とその一族の再評価が著しく、亀田俊和『高師直——室町新秩序の創造者』(歴史文化ライブラリー、吉川弘文館、二〇一五年)ほかがあります。太平記によって増幅彩色された江戸時代の兼好像については、川平敏文『兼好法師の虚像——偽伝の近世史』(平凡社選書、平凡社、二〇〇六年)があります。

第七章

人の上に立つ人

人材が輩出する北条氏

徒然草《つれづれぐさ》のうちで、公家《くげ》・武家の政治家の言行を取り上げた章段はいくつかありますが、とくに印象的であるのは、鎌倉幕府第五代の執権北条時頼《しっけんほうじょうときより》（一二二七〜六三）およびその母松下禅尼《まつしたのぜんに》の逸話でしょう。

鎌倉北条氏には、優れた人物が輩出した印象があります――鎌倉幕府を理想とする武家政治が七百年続いたため、実像以上に喧伝《けんでん》されたきらいはありますが、それでも時頼とその祖父泰時《やすとき》に対しては、あまり批判が見られません。泰時は御家人《ごけにん》の合議を重んじ、御成敗式目《ごせいばいしきもく》を制定するなどして、たいへん尊敬されています。これについで孫の時頼も人気がありました。

その証拠が、身分を隠して諸国を旅し、困窮する人を助けたという、回国伝説です。徳川光圀《とくがわみつくに》が最も有名でしょうが、時頼については南北朝期には成立していたようで、太平記《たいへいき》や増鏡《ますかがみ》に見え、さらに演劇化されて、謡曲《ようきょく》「鉢木《はちのき》」となっています。もちろん虚構ですが、時頼にしろ光圀にしろ、回国伝説を持つのは、為政者として仰がれた証拠です。

徒然草は、こうした人物像が作られる過程をも示しています。

まず一八四段。

相模守《さがみのかみ》北条時頼の母は、松下禅尼という方であった。相模守をお招きすることがあった時、煤《すす》けた障子《しょうじ》の破れたところだけを、禅尼みずから小刀であちこち切り取り新しく張り替えられていたので、兄の秋田城介義景《あきたじょうのすけよしかげ》が、その日の接待の準備をしながら控えていて、「こちらにいただいて、某《なにがし》に張らせましょう。そういうことが得意な者でございます」と言われたところ、禅尼は「その者は、尼の手仕事にはとても及びますまい」といって、やはり障子を一こまずつ張られていったのを、義景は重ねて「破れたのをすべて張り替える方が、はるかに簡単でございましょう。新しい所と古い所とまだらであるのも見苦しくはございませんか」と言われたところ、禅尼は「私も、後ではさっぱりと張り替えようと思うけれど、今日だけは、どうしても、わざとこうしておくのがよいのです。物は壊れたところだけを修繕して使うのだと、若い人に見せて学ばせて、気づかせようとするためです」と言われたのは、たいへん殊勝《しゅしょう》なことであった。

世の中を治めるやり方は、倹約を根本とする。女性ではあるけれど、(禅尼のやり方は儒教《じゅきょう》の)聖人の教えに通じている。さすが天下を統治するほどの人を子に持っておられた禅尼は、誠に普通の人ではなかったということである。

(相模守時頼の母は、松下禅尼とぞ申しける。守《かみ》を入れ申さるることありけるに、煤けたる明《あか》り障子《さうじ》の破ればかりを、禅尼手づから、小刀《こがたな》して切りまはしつつ張られければ、兄《せうと》の城介義景、その日の経営《けいめい》して候《さうら》ひけるが、「給《たま》はりて、なにがし男《をとこ》に張らせ候はん。さやうのことに心得たる者に候」と申されければ、「その男、尼が細工《さいく》によもまさり侍《はべ》らじ」とて、なほ一間づつ張られけるを、義景、「皆を張り替へ候はんは、はるかにたやすく候ふべし。まだらに候ふも見苦しくや」とかさねて申されければ、「尼も、後はさはさはと張り替へんと思へども、今日ばかりはわざとかくてあるべきなり。物は破れたる所ばかりを修理《しゆり》して用ゐることぞと、若き人に見習はせて、心つけんためなり」と申されける、いとありがたかりけり。

世を治むる道、倹約を本《もと》とす。女性なれども、聖人の心に通へり。天下を保つほどの人を子にて持たれける、まことに、ただ人にはあらざりけるとぞ。）

松下禅尼は北条時氏《ときうじ》（早世して執権にはならなかった）の妻です。有力御家人安達氏《あだちし》の出身で、父は幕府草創時から頼朝に仕えた景盛《かげもり》（?～一二四八）、兄が義景（一二一〇～五三）です。安達氏は北条氏の執政に協力的で、しばしばこれを輔佐《ほさ》したと言われています。なお、一八五段には、明らかに安達氏つながりで、禅尼の甥《おい》の泰盛《やすもり》（一二三一～八五）が登場します。この泰盛は、元寇《げんこう》前後の困難のさなか、幕府の立て直しに尽力した政治家として、近年評価が非常に高い人物です。

安達氏では当主が秋田城介という官に就きましたので、家名のように城とか城介などと冠して呼んでいます。武士にとっては名誉ある官だったからです。北条氏の執権が相模守を世襲するのも同じです。当時の朝廷官職、とくに地方官はほぼ名目のみなのですが、武士はこれを非常に重んじて、ステイタスとして用いられ、さらに家格の指標となっていました。

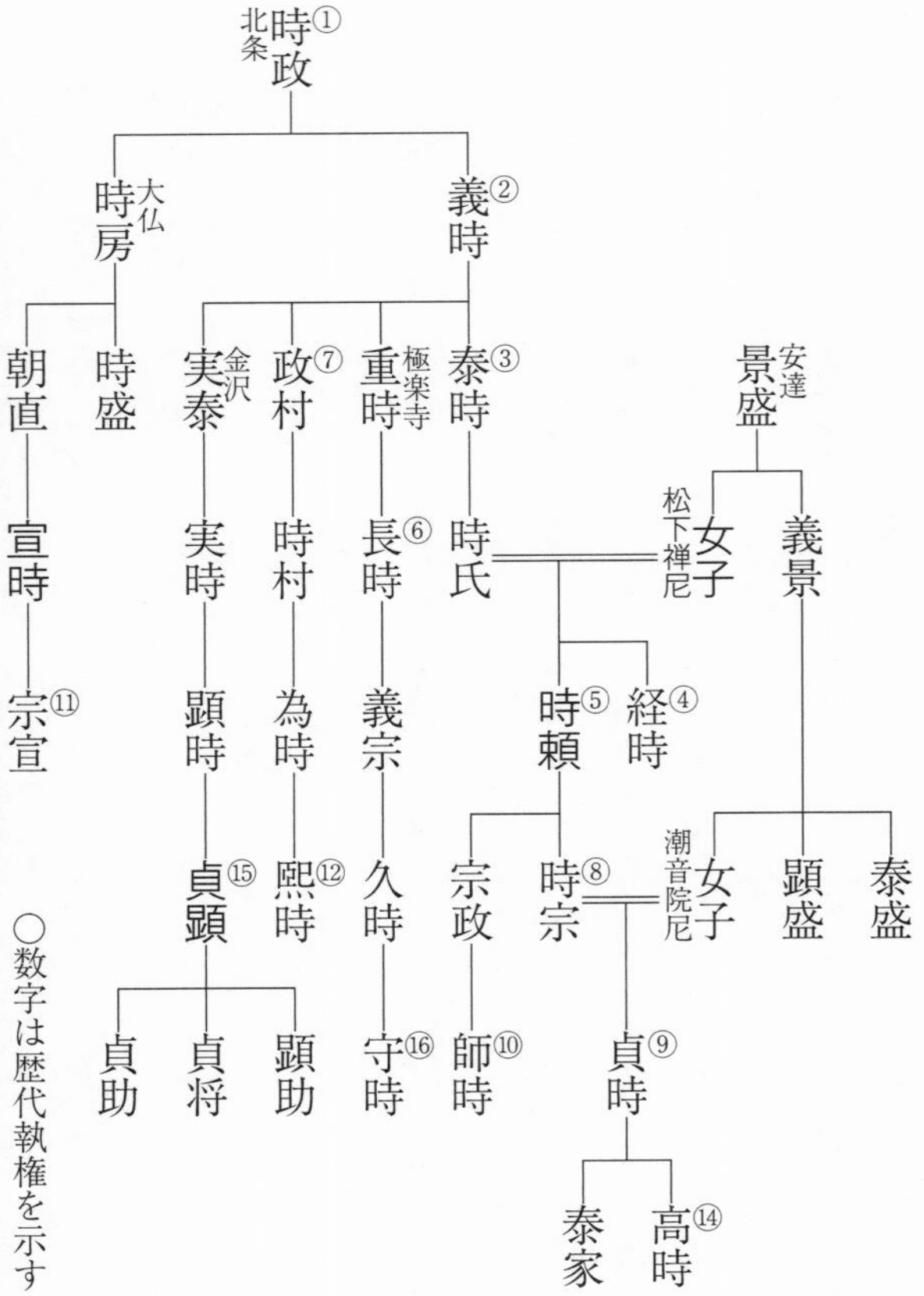

図13　安達・北条氏関係系図

禅尼は早くに未亡人になったので、実家の安達家の近くに邸《やしき》を貰《もら》って暮らしていました。そこへ息子の時頼が訪ねて来ます。いつの頃とは書いていないが、既に執権になって政治を見ている時であることは間違いない。安達氏でも緊張して準備をする。そんな時のエピソードです。

障子の破れを鋏《はさみ》で切り貼りするのは貧乏くさく、「手づから、小刀して切りまはしつつ」とは、器用な感じもしますが、執権の生母のすることではないでしょう。だから下男にさせましょう、と言われたのは当然で、それを「尼が細工によもまさり侍らじ」という科白《せりふ》は、なかなかさびが利いています。そして禅尼は家事が好きだからそういうことをしているのではないことが明かされます。「若き人」とは我が子時頼を指していますす。倹約を教えるためにあえてこうしているのだ、と言い切っています。

松下禅尼の警告

これは戦前まではとても有名な話でして、修身の教科書でも定番でした。逆に戦後はすっかりその力を失いました。共感するかは別として、古くから日本人の教養を形作った知識として、知っておいても損にはならない逸話の一つです。

ただ、これは決して空疎な倹約の奨《すす》めではなく、鎌倉幕府政治家のエピソードとして、実質を伴っていたと思います。

たとえば、「守を入れ申す」です。「お入れ申し上げる」と訳せば、一応は事足ります。しかし、中世で、「入れ申す」とは、顕貴《けんき》の人を自邸にお招きすること、接待することです。また「経営」は漢語ですが、国語にも浸透し、源氏物語でも「けいめい」として頻出します。もてなす、という意で使われますが、準備のため奔走するという語感を伴います。

権力者を、一門や重臣が「入れ申す」ことは、名誉であり、気を遣わされることです。接待には政治的な意味合いが濃かったはずです。たとえば室町時代以後、将軍が大名の邸に出向くことを御成《おなり》といいます。単なる遊興ではないことはもちろんで、御成の順序や滞在日数は将軍家との親昵《しんじつ》の度を社会に示します。鎌倉時代も事情はまったく同じであったと思います。

幕府の構造は、将軍を、家臣である御家人たちがいただく形になっています。北条氏はまさに将軍の執権（この場合は執事に近い）であって、将軍家臣としては他の御家人と同格です。しかし実際には、熾烈《しれつ》な権力闘争を経て、他家をことごとく排斥《はいせき》し、幕閣《ばつかく》で覇を唱えました。三代執権の泰時は無私の人格者に見えますが、初代時政《ときまさ》・二代義時《よしとき》が悪役を引き受けてくれたおかげでそう見えるのであって、彼もまた冷徹な政治家です。時頼も治世の初期に、姻戚《いんせき》でもあった御家人三浦氏《みうらし》を騙《だま》し討《う》ちのような形で族滅《ぞくめつ》に追い込んでいます。執権権力の確立はこの時期と言われる所以《ゆえん》です。将軍は完全に傀儡《かいらい》となってしまいます。

図14　松下禅尼（山田可々子編『孝女百話 学校家庭』国華堂、1911年）

　これで御家人は畏怖《いふ》し、競って執権の意を迎えようとしたでしょう。執権の来訪には贅《ぜい》を凝《こ》らした接待を繰り広げます。二一六段には、時頼が足利義《よし》氏《うじ》（尊氏の先祖で、唯一生き残った源氏《げんじ》の武将として関東でも重んじられていました）を訪れたとき、饗応《きょうおう》の膳《ぜん》がごく簡素であったとのエピソードを載せています。母の教育の賜物《たまもの》ですが、いっぽうで時頼が何気なく足利の名産である染織物を無心すると、義氏がただちに応じて、普段にも増して立派に整えて贈ったといいます。足利氏でさえ、北条氏に対してはこれほど神経を使わなくてはならなかったことを示しています。そのような環境であれば、執権が慢心を抱かないでいる方が難しいでしょう。

こうした状況を憂慮《ゆうりょ》するからこそ、松下禅尼は、豪華な接待に狎《な》れてしまった我が子を戒めたものとしてよいでしょう。禅尼の警告は的を射ていました。時頼の子孫には、さらに権力が集中し、専制政治を振るいました。執権を「入れ申す」接待は莫大《ばくだい》な負担となり、ひいては北条氏への反感を醸成していったのです（実は北条氏に最も忠実であった安達氏も、弘安八年〔一二八五〕、禅尼の甥の泰盛が霜月騒動《しもつきそうどう》という事件によって滅ぼされてしまうのです。一八五段は意味深長です）。

なお、兼好《けんこう》が時頼のことを「天下を保つ人」と断じているのも注目されます。公家社会に属すると言われる兼好が時頼の政治をかくも高く評価していたことは重要です。公家のうちに人材は求められず、もはや天下を保つのは武家であると兼好も認めていたのでしょう。「聖人」とは、この場合は儒教での聖人、つまり為政者としての道徳を修めた完全無欠の人物を指します。

エピソードに潜む同時代批判

時頼のエピソードをもう一つ、二一五段を紹介します。時頼は三十歳で出家して、北鎌倉の別荘の最明寺《さいみょうじ》（現在の明月院の辺り）に住んでいます。執権の地位は、父の従弟《いとこ》に当たる長時《ながとき》に譲りますが、依然北条氏一門の惣領《そうりょう》（「得宗《とくそう》」と言います）として実権を握っていました。

宣時朝臣《のぶときあそん》が、老後に昔話をしたうちに、「最明寺入道時頼殿が、ある宵《よい》に私をお呼びになったことがあって、「すぐに参ります」とは申したものの、外出用の直垂《ひたたれ》がなくてぐずぐずしているうちに、また使者が来て「直垂などがないのでしょうか。夜なので、変わった格好でも結構なので早くおいでなさい」と言われたので、糊《のり》の落ちたよれよれの直垂で、普段着の姿のままお訪ねしたところ、入道は銚子《ちょうし》に素焼きの盃《さかずき》をそえて持ち出してきて、「この酒を一人で傾けるのが寂しくてお呼びしたのだ。あいにく酒の肴《さかな》はないんだが、人はもう寝静まっているであろう。適当なものがあるか、どこにでも入って探して下さい」というので、紙燭《しそく》に火を付けて、ここかしこの隅を探しているうち、台所の棚に、素焼きの小皿に味噌《みそ》の少しついているのを見つけ出して、「これを探し当てました」と申したところ、「それで十分」といって、気持ちよく盃を重ねて、たいそうよい機嫌になられました。当時はこんなふうでありました」と言われたのである。

（平宣時朝臣、老の後、昔語りに、「最明寺入道、ある宵の間に呼ばるることありしに、「やがて」と申しながら、直垂のなくてとかくせしほどに、また使来りて、「直垂などのさぶらはぬにや。夜なれば、異様《ことやう》なりとも疾《と》く」とありしかば、なえたる直垂、うちうちのままにて罷りたりしに、銚子に土器《かはらけ》取りそへて持て出でて、「この酒をひとりたうべんがさうざうしければ、申しつるなり。肴こそなけれ、人は静まりぬらん。さりぬべき物やあると、いづくまでも求め給へ」とありしかば、紙燭さして、隈々《くまぐま》を求めしほどに、台所の棚に、小土器《こがはらけ》に味噌の少しつきたるを見出でて、「これぞ求め得て候《さうらふ》」と申ししかば、「こと足りなん」とて、心よく数献《すこん》に及びて、興に入られ侍りき。その世には、かくこそ侍りしか」と申されき。）

これはたいへんよい後味を与える話だと思います。まず平宣時朝臣が語る、ということに重みがあります。宣時は北条氏一門の政治家で、初代執権時政の二男、大仏時房《おさらぎときふさ》の孫に当たります。大仏という家名の通り、鎌倉市内の長谷《はせ》附近に別邸を構えました。時房の子孫は、嫡流《ちゃくりゅう》からは最も遠い血族なので、代々執権の輔佐役である連署《れんしょ》を務めています。鎌倉後期の北条氏には、非業《ひごう》の最期を遂げた人物が目立ちますが、宣時は失脚もせず、「朝臣」とあるように武家としては異例の従四位下《じゅしいのげ》まで昇り、元亨《げんこう》三年（一三二三）に八十六歳の長寿を全《まっと》うしました。幕府滅亡の十年前のことです。

弘長《こうちょう》三年（一二六三）、時頼が三十七歳で亡くなった時、宣時は二十六歳です。兼好は直接この話を聞いたようで、それはおそらく宣時の最晩年でしょうから、六十年ほど前のことを語ったのです。幕府の歴史の生き証人でしょう。

時頼を例に出して、昔の政治家がいかに質実で、簡素な生活に甘んじていたかを述べたいのです。やはり、母の子ですが、これも単なる倹約の奨めではないのです。味噌を肴に酒を飲むといっても、爪に火をともすような亡者的なところは感じさせない。一人で飲むのは寂しい、といっている辺りが、いかにも人間味ある、人としての孤独を感じさせます。さらに細かく読むと、時頼は宣時に対していろいろ配慮を示していることが分かります。

二人は、同じ一門といっても、主人と家臣の関係に近いでしょう。大仏家は血筋としては遠いのでなおさらです。しかし、時頼には、急に呼び出して悪いなという気持ちがあって、フォーマルな直垂がないのならそれでもよいぞ、と告げています。宣時からすれば、いくら夜でも、時頼の前に普段着では出られない、と考えるのは道理でしょう。また邸内にいる人たちを起こすな、というのも深い気配りを感じさせます。そうした点が、紋切り型の美談に陥ることを救っているし、奥行きを深くしています。

出家しているとはいえ、得宗時頼は依然として幕府の最高権力者です。その時頼から召されて、一緒に酒を飲もうというのです。ふつうの人物ならば、求められなくとも、遠くはない鎌倉市内まで人を走らせて、山海《さんかい》の珍味を運ばせるはずです。味噌しか見つけられないとは、気が利かないにもほどがあるというところですが、時頼は咎《とが》めないばかりか、気持ちよく杯を傾けたとあります。かえって一門の若者の、素直さ、良い意味の気の利かなさを喜んだのでしょう。このあたり、時頼の振る舞いは本物だと感じさせる仕掛けです。

兼好も余計なことは一切さしはさまないで、この場面を描いています。「その世には、かくこそ侍りしか」という宣時の言葉には深い余韻《よいん》がある。つまり現代への批判です。はっきりした形ではないが、かつては政治家たちが確かに持っていた質朴《しつぼく》さを忘れ、ひたすら華美《かび》を好むようになってしまった、という歎息《たんそく》が底流にあります。

たしかに、兼好が活動していた当時、幕府要人の生活は、このような話が懐かしく語られるほどに豪奢《ごうしゃ》なものになっていました。兼好はこれまで下級公家とされていました。実はその出自・経歴は信用できず、若い時期には鎌倉に拠点を持ち、やはり北条氏一門(二代義時の息実泰《さねやす》の子孫)の金沢貞顕《かねさわさだあき》(一二七八〜一三三三)に仕えていたことが明らかになりました。鎌倉時代も末期となると、北条氏も主な人物だけで数百人はいたようですが、そのなかで貞顕は華やかな経歴の持ち主で、六波羅探題《ろくはらたんだい》（一四五ページ）に長く在職したこともあり、京都の文物への関心も高い教養人でした。大仏宣時とも交流は深かったようです。そうするとこの話の源泉もよく分かります。

ところで、兼好が活躍し、徒然草を執筆した頃の北条氏のトップは、高時《たかとき》（一三〇三〜一三三三）でした。時頼には曾孫《そうそん》に当たります。高時は病弱であり、果断な指導力が欠けたため、側近が悪政をほしいままにしたとされ、とりわけ太平記にその優柔不断、奢侈《しゃし》が糾弾されています。高時の無力もあって、当時の幕府は、北条氏一門に対して、ことさら疑心暗鬼を抱き、非常に強権的に臨《のぞ》んでいたようです。粛清の犠牲になる人も多かったのです。

兼好の仕えた貞顕も、いちおうは高時の信任を受けて、順調な出世を遂げましたが、とても傾きかけた幕府を立て直すような気概はなく、日々薄氷《はくひょう》を踏む思いで過ごしていたようです。現に嘉暦元年（一三二六）三月、高時が重病に陥って執権を辞職すると、いったん執権に就いたものの、高時の弟泰家《やすいえ》が激しく反撥していると聞き、その攻撃を恐れ、わずか半月で職を投げ出して出家しています。武家といっても、気骨ある者は皆無で、保身に走るばかりで、閉塞感は強まっていました。時頼の頃は黄金期に見えたことでしょう。しかも、幕府の混迷をよそに、後醍醐《ごだいご》天皇の討幕計画が着々と進行しています。

この二一五段も、政治家の質素倹約という美談として有名になったのですが、そのような道徳的な評価をしないでも十分に鑑賞に堪えるのではないのかと思います。逆にいえば徒然草も時代のなかに置けば、同時代社会の批判になっているのです。

【もっと知りたい人に】

鎌倉中後期はかつては頽廃《たいはい》・混迷の一語で片付けられていたのですが、近年新たな光が当たっています。支配構造が変化し、社会が動揺するなか、公武の為政者がどのように対応していたかは、徒然草の背景としても重要です。村井章介『北条時宗と蒙古襲来――時代・世界・個人を読む』（ＮＨＫブックス、ＮＨＫ出版、二〇〇一年）や高橋慎一朗『北条時頼』（人物叢書、吉川弘文館、二〇一三年）があります。

第八章

自己紹介

役割を意識した自慢

二三八段は、七箇条からなる長大な、兼好《けんこう》の自慢話です。ただ、その話題がバラバラであるせいか、あるいは登場する人物や地名になじみがないせいか、深くは読まれず、せいぜい「他愛のない話が多い」といったコメントで済まされています。

それどころか、ある注釈書では「一読して素直に感服できない」「いささか不親切な表現である」などと批判を連発、さんざんな評価です。兼好はこれまでプライヴェートをほとんど語らなかった上、ここではかなり饒舌《じょうぜつ》なので、たしかに異質に見えます。研究者も、正直この章段のことは評価しない、というより困惑しているかのようです。

いわば兼好に、「どうだおれは凄《すご》いだろう」と言われているのですが、我々には、どこが凄いのか分からないのです。これは時代の違いであって、兼好の説明の悪さを責めても仕方ありません。まず語り出しはこうなっています。

御随身中臣近友《みずいじんなかとみのちかとも》の自讃《じさん》といって、七箇条を書き留めたものがある。いずれも馬藝に関することで、他愛もないことである。その先例を思って、私にも自讃のことが七つあるので披露する。

（御随身近友が自讃とて、七箇条書きとどめたることあり。みな馬藝、させることなきことどもなり。その例《ためし》を思ひて、自讃のこと七つあり。）

最初に、近友という随身の自讃七箇条に倣《なら》って以下に記す、と断ります。中臣近友は、兼好から二百年くらい前、堀河《ほりかわ》天皇（在位一〇八六〜一一〇七）の時代の人です。随身とは、近衛府《このえふ》の舎人《とねり》から選ばれて、貴人の外出に騎馬で従い、警護に当たるガードマンのことですが、「御随身」とあるので、上皇・天皇の随身と考えられます。まずは武芸、ことに馬術に巧みでなくてはならなかった。かつ出自は卑しいのですが、容貌に秀でて立ち居振る舞いも洗練されていなくてはならない。この近友は記憶に残る、優れた御随身であったらしい。その自讃とは、馬術以下、随身としての務めについての自慢であったと想像できます。

ところで「自讃」の意は、中世社会ではやや限定的です。彼らが「自讃の詞」を漏らすのは、要するに自分の生業《なりわい》・職務について、他にはない見識を披露したり、あるいは権力者からの期待に応えた経験を誇示するときです。この時代、有名歌人は「自讃歌(自分で傑作とする作品)」を好んで明かすようになり、それは人々の話題にもなっています。

すると、このように言えそうです。兼好がここで記した自讃の内容とは、期待されている社会的な役割と深く関わる事柄ではないでしょうか。少なくとも、称賛した人は、当時の兼好の生活や交遊圏を踏まえていたはずです。「兼好は遁世者《とんせいしゃ》であるから、どこの組織にも所属せず自由に暮らしていた」という眼《め》で見ると、この段は「他愛のない自慢話」となってしまいますが、これらは彼が周囲の期待に応えた内容と考えれば、兼好その人の姿も多少見えてくるのではないでしょうか。それでは順に解説してみたいと思います。

馬術はたしなみ

第1条

一、人と大勢連れだって花見をしながらあちこち歩いていた時に、最勝光院《さいしょうこういん》の辺で、ある男が、馬を走らせているのを見て、私は「もう一度馬を走らせようものなら、馬が倒れて、男は落ちる。しばらく御覧なさい」と予言して立ち止まっていると、また馬を走らせた。馬を止める所で、男は手綱を引き誤って馬を転ばせ、ぬかるみの中に転げ落ちた。私の言葉があやまたず的中したことに人々みな感歎《かんたん》したのである。

（一、人あまたつれて花見ありきしに、最勝光院の辺にて、をのこの、馬を走らしむるを見て、「今一度馬を馳《は》するものならば、馬倒れて、落つべし。しばし見給《たま》へ」とて立ちとまりたるに、また馬を馳す。とどむる所にて、馬を引き倒して、乗る人泥土《でいと》の中にころび入る。その詞《ことば》の誤らざることを人皆感ず。）

内容は分かりやすいでしょう。近友の自讃が馬術のことであったから、兼好も馬術で始めたことになります。まず問題とすべきは、舞台となった最勝光院です。

この寺院は、注釈書を見れば、後白河《ごしらかわ》法皇の寵妃《ちょうひ》であった建春門院平滋子《けんしゅんもんいんたいらのしげこ》（一一四二〜七六）が建てた、とあるはずです。その所在地は八条大路《はちじょうおおじ》を東に鴨川《かもがわ》を渡ったあたり、東山に挟まれた一帯です。これは法皇の広大な離宮《りきゅう》、法住寺殿《ほうじゅうじどの》の一角です。法住寺殿の敷地は、七条大路《しちじょうおおじ》南側の蓮華王院《れんげおういん》、つまり三十三間堂《さんじゅうさんげんどう》からはるか南、いまの新幹線・東海道線の線路を跨《また》いで、新熊野神社《いまくまのじんじゃ》の辺りまで拡がっていました。多くの殿舎や寺院があったようですが、このうち最勝光院はことさら広大で壮麗な寺院であったと言われています。

ところが、女院没後には衰頽《すいたい》し、嘉禄《かろく》二年（一二二六）に焼けて、そのまま再建されませんでした。兼好たちが花見に出かけた時は、それから既に百年経《た》っています。そこは、もはや建物は存在せず、ほうぼうが空き地となり、馬を馳せるには恰好《かっこう》の場所となっていたはずです。そのことを指摘しなくてはなりません。

それでは、兼好一行はどうしてこの辺りをウロウロしていたのでしょう？　これは箇単で、兼好も一行もこの近くに住んでいたから、あるいはこの附近が活動の場であったからでしょう。実はこの自讃七箇条のうち、第1・3・5条がこの地域での出来事なのです。

七条大路の北にはかつての平家の六波羅殿《ろくはらどの》、当時は鎌倉幕府の出先機関である六波羅探題《ろくはらたんだい》という政庁があります。兼好は、この探題の長官を務め、後に幕府の執権となる、金沢貞顕《かねさわさだあき》に仕えていました。貞顕の在職は、乾元《けんげん》元年（一三〇二）から、短い鎌倉帰住の期間を挟んで、正和《しょうわ》三年（一三一四）まで、かれこれ十二年近くに及びました。要職ですが、京都の朝廷・公家《くげ》や寺社との政治折衝《せっしょう》には面倒や気苦労が多かったようです。貞顕の長期在職は異例ですが、有能なスタッフを抱えていたからだと言われています。その一人が兼好であったわけです。

探題は警察組織・裁判所機構も備えていますので、役所付きの実務官僚も数多くいたのですが、貞顕は若くてかつ鎌倉の生まれですので、慣れぬ京都に赴任するに当たって、気心の知れた家臣を呼び寄せて周辺に居住させていました。兼好は、どうも父親の代からスカウトされて金沢氏に仕えていたらしい。実際、五〇段からも、応長《おうちょう》元年（一三一一一）には「東山」に住んでいたらしいことが分かります。

そうすると、一緒に歩いていたのは六波羅の関係者であろうと考えると分かりやすい。馬術には深い関心があったでしょう。普通自動車免許くらい当たり前の技術です。兼好の予言が称賛される理由も分かります。この六波羅・東山という、武家政権の拠点に軸足を置いた点は、徒然草を考えるのにも欠かせない地理的条件ではないかと思います。

巻子本時代の情報アクセス能力

第2条
一、今上《きんじょう》がまだ皇太子でいらっしゃった頃、万里小路《までのこうじ》殿《どの》が御所《ごしょ》で、堀川大納言《ほりかわだいなごん》具親《ともちか》卿《きょう》が祗候《しこう》されていた皇太子の御座の間へ、所用があって参上したところ、具親卿は論語《ろんご》の第四・五・六巻を繰り広げられて、「たった今、皇太子におかれては、「紫の朱《あけ》奪ふことを悪《にく》む」という本文を御覧になりたいことがあって、御所持の本を御覧になるのだが、見つけ出せないでおられる。「もっとよく探してみよ」という仰せにより、いま探しているのだ」とおっしゃったので、「第九巻のどこそこの辺にあります」と申し上げたところ、「やれ嬉《うれ》しや」と言って、それを持っていかれ、差し上げなされたのである。（下略）

（一、当代いまだ坊《ぼう》におはしましころ、万里小路殿、御所なりしに、堀川大納言殿伺候《しこう》し給ひし御曹司《みざうし》へ、用ありて参りたりしに、論語の四五六の巻をくりひろげ給ひて、「ただ今御所にて、「紫の、朱奪ふことを悪む」といふ文《もん》を御覧ぜられたきことありて、御本《ごほん》を御覧ずれども、御覧じ出だされぬなり。「なほよく引き見よ」と仰せごとにて、求むるなり」と仰せらるるに、「九の巻のそこそこのほどに侍《はべ》る」と申したりしかば、「あな嬉し」とて、もて進《まゐ》らせ給ひき。（下略））

この話では公家社会の最重要人物が出て来ます。「当代」とは後醍醐《ごだいご》天皇（この段を執筆している時点で在位中）であり、彼が皇太子であった時期の出来事です。それは延《えん》慶《きよう》元年（一三〇八）から文保《ぶんぽう》二年（一三一八）の十年間に亘《わた》りますが、比較的即位に近い頃と思われます。

当時、後醍醐は父の後宇多《ごうだ》法皇と、ここに出て来る冷泉《れいぜい》万里小路殿に同居していました。亀山《かめやま》—後宇多—後醍醐と続く皇統《こうとう》を大覚寺統《だいかくじとう》といいますが、これをひとつの家として考えると、後宇多が惣領《そうりょう》（家長）で、後醍醐は嫡子《ちゃくし》（後継者）です。惣領と嫡子が同居する場合、嫡子の居室を「御曹司《おんぞうし》」と言いました（いまこの語が名門の子弟を指すのもここから来ています）。そこに堀川具親（第五章に出た基具の曾孫《そうそん》です）という公家が詰めており、兼好が所用でそこへ出向いた時の出来事です。

当時の書物の正式な装訂《そうてい》は巻子本《かんすぼん》（巻物《まきもの》）です。論語は儒学《じゅがく》の正典であり、まして皇太子が使うのだから、当然巻子本に写されています。具親が皇太子の命令で、論語の「悪紫之奪朱」という一句を探そうとして、何巻も「繰り広げていた」という状況はよく分かります。それを兼好があっさりと「九巻のどこそこにありますぜ」と教えたおかげで、具親は面目《めんぼく》を施した、というものです。

なんだ、そんなことか、と思うかも知れませんが、巻子本という媒体に頼っている以上、深刻な問題でした。巻子本は任意の部分だけをいきなり読むことはできません。見たいところが一番奥にあったりしたら面倒です。まして、どこにあるか分からない記事を探し出すのは大変です。兼好より一世紀ほど後の人、伏見宮貞成親王《ふしみのみやさだふさ》も、先祖の天皇の日記（やはり巻子本に書かれていました）に見たい記事があったとき、側近三人と一昼夜かけて探し、遂に見付けた時は「面々撰《えら》び出ださずのところ、希有《けう》にして見付けをはんぬ、もっとも高名為悦《かうみやうゐえつ》なり」と誇っています（看聞《かんもん》日記応永三十二年〔一四二五〕三月二十六、七日条）。この時代、必要な情報を持っている人は限られており、そこにアクセスできることも才能であったことは認めなくてはならないでしょう。兼好の自讃も大袈《おおげ》裟《さ》なようでいて、やはりそれなりの理由があったことです。

ついで触れておきたいのは、兼好と具親の関係です。これまで兼好は親の代から堀川家の諸大夫《しょだいぶ》（家司《けいし》の一種）であったからと説明して来ましたが、兼好が堀川家と関係が生じたのはちょうどこの頃のことで、しかもさきほど紹介した金沢貞顕を介して知られるようになったらしい。そして具親とは厳格な主従関係にあったわけではなく、時々の雑用を足したり、相談相手になるような間柄であったようです。この条はそのような両者の関係を物語るエピソードといえそうです。年齢は兼好の方が十歳ほどは上です。

ところで、皇太子の居住空間に、一介の遁世者がどうして入れたのでしょうか。これまでは兼好が下級公家の出身であるから、あるいは蔵人《くろうど》として天皇に仕えていたから、と説明して来ました。しかし、かれは公家の出ではなく、おそらく正式な任官もしていないのです。在俗であれば、とても出入りはできないはずです。むしろ兼好が遁世して身分が無いからこそ、このような場に出入りし、顕貴《けんき》な人たちが同じ階層の人々に相談することのできない仕事を請け負っていたと考えるべきです。後で触れるように、兼好はこのとき、恐らく頭巾《ずきん》か覆面をして、頭を隠していたはずです。また、当時の内裏《だいり》や院御所はかなり開放的で、規模もふつうの大臣の邸宅と変わりませんでした。

具親はずいぶん無学な公卿《くぎょう》だと思われるかも知れませんが、むしろ当時の廷臣間では学識のある人と目されていました。また後醍醐も、人にさせずに、これくらいのことは自分で検索すればよいようなものですが、上《うえ》つ方《かた》の人たちは自分でこのような作業はしないのです。必要ならば誰かが調べてくれるからです。たとえば漢籍に関わることならば、専門の学者がいます。朝廷には博士家《はかせけ》といって、菅原氏《すがわらし》・大江氏《おおえし》をはじめ、平安時代初期から既に四百年近く、代々紀伝道《きでんどう》を学んで立身し、詔勅《しょうちょく》の起草や年号の選定などに携わる学者の家がいくつかあり、この時期には公卿にも列していました。

とはいえ、世襲の弊害《へいがい》はこのようなところにも顕著《けんちょ》であり、専門の学者は肝腎《かんじん》の時にあまり頼りにならなかったらしい。そこで兼好のような存在がいよいよ活躍することになります。そのことを第3条で見てみます。

当代きっての学者の誤りを指摘

第3条
一、常在光院《じょうざいこういん》の釣鐘《つりがね》の銘文は、菅原在兼卿《すがわらのありかぬ》の作である。それを世尊寺行房朝臣《せそんじゆきふさあそん》が清書し、筆蹟《ひっせき》を鋳型《いがた》に取ろうとした時、奉行《ぶぎょう》の入道《にゅうどう》がその文章を取り出して私に見せましたところ、「花外送夕、声聞百里（花のはるか彼方で夕を過ごし、鐘の音は百里の遠くまで響く）」という句があった。「陽唐韻《ようとういん》を踏んでいると思われるのに、「百里」では誤りではないか」と申したところ、入道は「よくぞ貴殿にお見せしたものだ。自分の手柄にしよう」と言って、筆者在兼卿のもとへ知らせてやると、

「誤っていました。「数行」と直されたし」と返事がありました。ただ「数行」もどんなものであろうか。あるいは「数歩」の意か。どうもはっきりしない。(下略)

(一、常在光院の撞《つ》き鐘の銘は、在兼卿の草なり。行房朝臣清書して、鋳型に模《うつ》させんとせしに、奉行の入道、かの草を取り出でて見せ侍りしに、「花の外《ほか》に夕《ゆふべ》を送れば声百里《はくり》に聞《きこ》ゆ」といふ句あり。「陽唐の韻と見ゆるに、百里、誤りか」と申したりしを、「よくぞ見せ奉りける。おのれが高名《かうみやう》なり」とて、筆者の許《もと》へ言ひやりたるに、「誤り侍りけり。数行《すかう》と直さるべし」と返事《かへりこと》侍りき。数行も如何なるべきにか。若《も》し数歩《すほ》の心か。おぼつかなし。(下略))

鐘には施主が鋳造の趣旨を記した文章を側面に刻みます。これを銘文と言います。大坂冬の陣の導火線となった、方広寺《ほうこうじ》の鐘のそれは有名ですね。「国家安康」「君臣豊楽」という句が問題となったわけですが、このように四字句を列《つら》ねていき、偶数番目の句に押韻《おういん》(句末に同じ韻目に属する文字を使って声調を整えること)します。兼好が目にした常在光院の鐘の銘は陽唐韻（この時代の韻書《いんしょ》で下平声第七の韻）を踏んでいたのですが、「花外送夕、声聞百里」とある句だけは、「里」が紙旨止韻《しししいん》（同じく上声第四の韻）なので外れている、と指摘したのです。

銘文の作者は、当代きっての学者で、五代の天皇の侍読《じどく》を務めた、菅原在兼（一二四九〜一三二一）です。こんな初歩的な間違いを犯すとは信じがたいのですが、耄碌《もうろく》していたのかも知れません。すぐに「声聞数行」と訂正して来ました。「行」ならば、たしかに陽唐韻ですが、それは「つらなる」の意で、この句の意に外れてしまうので、おかしい、と言っているわけです。

さて、舞台となった常在光院は、いまの知恩院《ちおんいん》の方丈《ほうじょう》の建っている辺りと考えられています。兼好の伝記にとって重要な寺院です。例の金沢貞顕が六波羅探題在職を契機にして、この頃、東山の地に創設した寺院なのです。貞顕の祖父実時《さねとき》が武蔵六浦《むさしむつら》の地に称名寺《しょうみょうじ》（現在の県立金沢文庫はこの敷地に建っています）を建立したのに倣っています。

このエピソードは、この寺院の落成時か、時を措《お》いたとしても落成を記念した梵鐘《ぼんしょう》を鋳造《ちゅうぞう》した時に違いありません。その場に兼好が来合わせたことは、もちろん偶然ではありません。近くに住み、そして貞顕の関係者であるから立ち会っていたのです。また「奉行の入道」とあるのは実名がありませんが、おそらく貞顕の家臣で、作事の奉行でしょう。貞顕を開基《かいき》とする常在光院、そして兼好との関係も含めて、すべて読者には自明だったからなのです。

兼好に在兼を貶《おとし》める意図はなかったと思います。在兼が当時最も権威ある学者であったのは確かなので、ここではそのような学者をして鐘銘を書かせた、金沢氏の富強ぶりを思うべきなのでしょう。

そして常在光院は、金沢氏にとり、日頃の政務の疲れを癒す、高級な山荘のような位置にありました。見事な庭園で知られ、紅葉の名所であり、かつ都を一望に眺められたようです。当然それは単なる保養の場ではあり得ません。庇護者の貞顕を失った後も、常在光院は室町幕府関係者によって手厚く保護されたようです。足利尊氏《あしかがたかうじ》・義詮《よしあきら》・義満《よしみつ》の三代の将軍は、この地を度々《たびたび》訪れ、尊氏は自分の墓所にしようと考え、義満は後年、明《みん》の永楽帝《えいらくてい》の使者を常在光院に連れて行き、紅葉を愛《め》でています。それほどの寺院でした。その梵鐘に携わったとすれば、兼好の得意も分かるでしょう。

第4条

一、多くの人と連れだって、比叡山《ひえいざん》の三塔《さんとう》巡礼をしました折、横川《よかわ》の常行堂《じょうぎょうどう》のうちに、龍華院《りょうげいいん》と書いてある、古い額《がく》があった。「藤原佐理《さり》・藤原行成《こうぜい》のうち、どちらの書なのか疑問があって、まだ決定していないと言い伝えています」と、堂僧《どうそう》がもったいぶって申しましたのを、私が「行成ならば裏書《うらがき》があるはずだ。佐理ならば裏書がないはずだ」と言ったところ、額の裏は塵《ちり》が積もり、虫の巣となって汚らしかったのを、よくよく払ったり拭《ぬぐ》ったりして、めいめい見てみますと、行成の位署《いしょ》・名字・年号が、はっきりと見えましたので、人々みな面白がった。

（一、人あまたともなひて、三塔巡礼のこと侍りしに、横川の常行堂のうち、龍華院と書ける、古き額あり。「佐理・行成の間《あひだ》疑ひありて、いまだ決せずと申し伝へたり」と、堂僧ことことしく申し侍りしを、「行成ならば裏書あるべし。佐理ならば裏書あるべからず」と言ひたりしに、裏は塵積もり、虫の巣にていぶせげなるを、よく掃《は》きのごひて、おのおの見侍りしに、行成位署・名字・年号、さだかに見え侍りしかば、人皆興に入る。）

兼好は比較的若い頃、一時、比叡山に登り、その最も奥まった横川に籠もっていました。交際を絶って修行しようとしたが、「ふるさと人」が訪ねて来てうるさかった、などと家集に見えています。孤独になろうとしても、それが許されない境遇を思わせるわけです。その後、都に降りてからでしょうが、東塔《とうとう》・西塔《さいとう》・横川を順次参拝して回る、三塔巡礼を企画したか参加したのです。

そこで一行は横川にある常行堂の古い額に眼を止めました。揮毫《きごう》したのは、平安時代中期の能書《のうしょ》として知られる藤原佐理・藤原行成と思われたのですが、堂僧はことごとしく「佐理か行成か、はっきりしない」と説明したので、兼好の提案で、めいめい梯子《はしご》か何かで登って、額の裏側を覗《のぞ》いてみたのでしょう。数百年の塵が積もって蜘蛛《くも》の巣が張っていた描写も臨場感がありますが、位置、つまり「◎◎×年▽月▽日　正二位行権大納言兼侍従藤原朝臣行成《しょうにいぎょうごんだいなごんけんじじゅう》」といった形の署名がはっきり見えたので、事実が確定した、という話です。明解ですっきりする話なのですが、そこはもう一段奥があります。兼好の「行成ならば裏書あるべし」という指摘、俗説などではなくて、当時、正式に書道に携わる者の知識なのです。

書道（入木道《じゅぼくどう》とも言います）は公家に必要な藝道として認められ、佐理はともかく、行成の子孫（行成の建てた寺に因《ちな》んで世尊寺《せそんじ》家といいます）は、歴代がこの藝をもって朝廷に仕えていました。兼好が貞顕や高師直《こうのもろなお》に用いられたのは「右筆《ゆうひつ》（秘書）」としてでした。書道を正式に嗜《たしな》んでいたとしたら、この家の門弟であったと考えられます。実際一六〇・二三七段には当時の世尊寺家の人々の言談《げんだん》が載っています。

そして第3条で、常在光院の鐘の銘文を清書していた行房朝臣も、世尊寺家の人です。後には後醍醐天皇に気に入られて隠岐《おき》まで供奉《ぐぶ》したほどの近臣《きんしん》でしたが、実は金沢貞顕とも交流が深かったところが、この時代が単純な公武対立の図式などでは解けないところです。さて、行房はたくさん弟子がいまして、その一人の青蓮院門跡尊円親王《しょうれんいんもんぜきそんえんしんのう》が書き残した入木口伝抄《じゅぼくくでんしょう》によると、書道の家ではこのような扁額《へんがく》を揮毫することを家の大事と考え、さまざまなノウハウや鑑定の知識を持っていました。扁額の裏に署名することは、昔からあることではなく、家祖の行成が寛弘《かんこう》年間（一〇〇四～一二）になって始めたことで、額の中央に「何年月日書之」と行書で記すのだ、などとあり、なるほど兼好はこの教えを知っていたから断言できたのだ、と分かります。ちなみに佐理は寛弘より前、長徳《ちょうとく》四年（九九八）に没しています。

見えない存在

第5条

一、那蘭陀寺《ならんだじ》で、道眼上人《どうげんしょうにん》が談義をした時に、「八災《はちさい》」ということが何かを忘れて、「これらを覚えておられるか」と言ったのを、弟子たちはみな覚えていなかったのに、聴聞《ちょうもん》のための別の間から私が「これこれでは」と簾外《れんがい》に向け言ったところ、上人はたいそう感心いたしました。

（一、那蘭陀寺にて、道眼聖《ひじり》談義せしに、八災といふことを忘れて、「これや覚え給ふ」と言ひしを、所化《しょけ》皆覚えざりしに、局《つぼね》の内より「これこれにや」と言ひ出だしたれば、いみじく感じ侍りき。）

この那蘭陀寺と道眼は、既に一七九段にも登場しています。道眼はもと下総《しもうさ》千葉氏一門、小見四郎左衛門尉胤直《おみしろうさえもんのじょうたねなお》という武士でして、遁世して公家の西園寺《さいおんじ》家に仕え、主人の太政大臣実兼《だじょうだいじんさねかね》の依頼で、延慶《えんきょう》二年（一三〇九）に入元して、刊本の一切経《いっさいきょう》を将来したことが分かっています。そしてこの道眼が帰朝後、一切経を安置するために「六波羅のあたり、焼野《やけの》といふ所」に建てたのが那蘭陀寺でした。道眼は金沢貞顕とは旧知の仲で、現にこの一切経を金沢称名寺の学僧が研究に利用していた事実もあります。

内容は要するに講師道眼が忘れていた、瑣末《さまつ》な知識を覚えていた、というだけです。知識を誇示するような振る舞いであり、「兼好の持論にそむくようでもあり、一読して素直に感服できない」と批判する注釈書さえありますが、ここに「局の内より」とあります。つまり兼好は屏風《びょうぶ》で囲い、簾《すだれ》を垂らした別の間にいたと分かります。これは衆目《しゅうもく》に晒《さら》されることを忌避《きひ》する、しかるべき身分の人のためのスペースであって、兼好がそこに居るのは、その人に随行していたからでしょう。それでは兼好は誰と一緒にいたのか――まさに「しかるべき人」としか言えませんが、道場が六波羅のすぐ近くで、講師が関東御家人《ごけにん》出身であったとすると、金沢貞顕ないしそれに準ずる武家政治家であった可能性は高いでしょう。たとえば貞顕は、菩提寺《ぼだいじ》である鎌倉の称名寺においてさえ、仏事を聴聞する時、やはり局を準備させてそこに入っているからです。したがって、兼好の姿は見えませんし、声の主が兼好であったかさえ、座の人々に認識されていたか分かりません。すると兼好の働きは、むしろ、供をしていた主人の名誉となり、その立場を助けるものであったことになります。

第6条

一、顕助僧正《けんじょそうじょう》のお供をして、後七日御修法《ごしちにちみしゅほう》の、内裏の加持香水《かじこうずい》の儀を見物しましたところ、まだその儀が終わらないうち、僧正は出て戻って来ましたのに、僧正と同伴した僧都《そうず》の姿は内裏の門外まで見えない。僧正は従者の法師たちを引き返させて探させたところ、「同じ姿の僧が多くいて、とても探し出すことができません」と言って、ずいぶん経ってから出て来たので、「ああ困った。あんた、探しておいで」と言われたため、引き返して内裏に入り、すぐに僧都を連れ出して来た。

（一、顕助僧正に伴ひて、加持香水を見侍りしに、いまだ果てぬほどに、僧正帰り出で侍りしに、陣《ぢん》の外《と》まで僧都見えず。法師どもを帰して求めさするに、「同じさまなる大衆《だいしゅ》多くて、え求めあはず」と言ひて、いと久しくて出でたりしを、「あなわびし。それ、求めておはせよ」と言はれしに、帰り入りて、やがて具して出でぬ。）

この第6条は最も興味深いものです。内容は兼好が大衆のなかで見失った僧を苦もなく探し出してきた、という自慢ですが、基礎的な解釈で不審が多く残されています。

まず兼好が供をしていた顕助僧正（一二九五〜一三三〇）は仁和寺《にんなじ》の僧ですが、実は金沢貞顕の庶長子です。天台《てんだい》・真言《しんごん》の大寺院には、貴種として公家の子弟が入室することが例でしたが、この時期にはこれに伍《ご》して鎌倉北条氏の子弟が迎えられ、宗教界で活躍するようになっていました。顕助もその一人で、仁和寺でも有力な院家の真乗院《しんじょういん》の院《いん》主《じゅ》でした。

ついで、いつまでも戻って来ず、顕助が探しにいかせた「僧都」とは誰でしょうか。ほぼ全ての注釈書が「顕助に同伴した僧都」などとするだけで、具体的な比定をしません。しかし、いっさいの説明もなく「僧都」だけで読者に伝わっているとすれば、それは顕助の弟で、やはり真乗院の後継者に迎えられていた、少僧都貞助《ていじょ》であったとすべきでしょう。

さて、顕助一行が見物したのは、後七日御修法のうち、掉尾《とうび》に当たる「加持香水」でした。後七日御修法とは、大内裏の真言院で毎年正月八日から七日間にわたり、真言の高僧を大阿闍梨《おおあじゃり》とし、玉体安穏《ぎょくたいあんのん》・国家繁栄・五穀豊饒《ごこくほうじょう》などを祈る法会《ほうえ》です。十二日からは三日間、その大阿闍梨が香水を加持し、十四日の結願《けちがんび》日の夜、これを内裏清涼殿《せいりょうでん》に持参し、天皇の身体に灌《そそ》ぎました。顕助自身、嘉暦《かりゃく》二年（一三二七）に大阿闍梨を務めています。これはその後、非番の年に、ひそかに見物したものでしょう。

舞台となった内裏は、後醍醐天皇の居住した里内裏、富小路《とみのこうじ》内裏と考えられます。三段にも出て来る「今の内裏」です。

ところで、この時期の内裏では、何かイヴェントが行われますと、無数の見物人が「裹頭《かとう》」や「衣かづき」の姿でつめかけるのが常のことでした。法会でも同様です。これは頭に頭巾などをかぶり目だけを出すスタイルのことです。頭と顔を隠したスタイルは、正式な構成員に対して、自分には注意しないで欲しいという意思表示となりました。いわば、天狗《てんぐ》の着用する「隠れ蓑《みの》」、人形劇や歌舞伎舞台に出てくる「黒子」などと同じく、「裹頭」「衣かづき」の下は、見えて見えない身体と言うことができます。こうした見物人が、紫宸殿《ししんでん》や清涼殿にも闖入《ちんにゅう》する事態さえ起きました。ところが、天皇以下、見物人を積極的に排除しようとした形跡は見られないのです。これは彼らも自分たちが見られる身体であることを承知していたからなのでしょう。

さて、清涼殿の東庭からは殿舎の内部もよく見えます。ここに見物人が蝟集《いしゅう》し、思い思いのところから「加持香水」の厳粛な儀式を見守っていたのでしょう。顕助も貞助も、そして兼好もまた裹頭姿であったでしょう。同じような裹頭姿があちこちに居るからこそ、貞助は見分けもつかなかったのです。なお、「陣の外」とは内裏の敷地外ということです。「陣」は多義的な語ですが、ここでは、ほぼ「門」と同義であると考えて下さい。中世の里内裏では内裏への入口を「陣口」と言い、敷地内を「陣中」と言いました。内裏およびその周縁エリアを抜けても、貞助の姿は見えなかったのです。たいへん実感のある描写です。

もう明らかでしょうが、顕助たちの一行は、ひそかに清涼殿の加持香水を見物に行き、従者たちは内裏の門外に控えていたのです。顕助は早く出て来たが、貞助は一向に出て来ない。坊官たちに探しに行かせても、見物人が多すぎて分からない、そこで兼好が首尾良く探し出して来た、ということになります。

顕助が貞助を伴って参内したのは、貞助に、将来奉仕するに違いない加持香水の儀を見学させるためでしょう。ところが、貞助は若くて不案内で、見物しているうちにはぐれてしまいました。幼い弟がはぐれたからこそ「あなわびし」なのです。あくまで非公式に見物に来ているのに、迷子の呼び出し放送（?）なんかしたらたいへん面倒なこと

図 15　興福寺の維摩会を見物する裹頭（『春日権現験記』）

図 16　内裏に入る衣かづき（上杉本『洛中洛外屏風』）

になります。こうした事柄を前提として、初めて兼好の働きが理解できるでしょう。第5条と同じく、供をしていた人の役に立った、という内容で、連接しています。そして「裏頭」姿はつぎの第7条でも現れます。

対応を間違えると……

第7条

一、二月十五日、月の明るい夜、すっかり更《ふ》けてから、千本釈迦堂《せんぼんしやかどう》に参詣《さんけい》し、後方から入って、かぶり物で顔を深く隠してひとり説経を聴聞しました時、容姿や香の薫《かお》りがとびぬけた、優雅な女が、人々の間を分けて入って来て私の膝にもたれかかるので、その薫りなども身に移るほどで、これは具合が悪いと思って、膝《ひざ》をずらせて脇によけると、なおもすり寄って来て、前と同じ様子なので、席を立った。

その後、ある御所方に仕える古参《こさん》の女房が、雑談のついでに、「ひどく無粋《ぶすい》な方でいらっしゃったと、お見下げしたことがありました。つれない方だとお恨みする人がいますよ」と話し出されたところ、「まったく何のことやら分かりません」と申し上げ、そのままになった。

この一件、後日聞きましたところでは、例の聴聞の夜、特別席の中から、ある方が私のいるのを見つけられて、おつきの女房を美しく化粧させてお出しになり、「どうかすると、こういうとき、男は言葉などかけてくるものなのだ。その様子を帰って申せ。面白かろう」と言って、仕組まれたことであったそうである。

（一、二月十五日、月あかき夜、うちふけて、千本の寺に詣でて、後《うしろ》より入りて、ひとり、顔深く隠して聴聞し侍りしに、優《いう》なる女の、姿にほひ、人よりことなるが、わけ入りて膝にゐかかれば、にほひなども移るばかりなれば、便《びん》あしと思ひて、すりのきたるに、なほゐ寄りて、同じ様なれば、立ちぬ。

その後、ある御所さまの古き女房の、そぞろごと言はれしついでに、「無下《むげ》に色なき人におはしけりと、見おとし奉ることなんありし。情なしと恨み奉る人なんある」とのたまひ出だしたるに、「さらにこそ心得侍らね」と申してやみぬ。

このこと、後に聞き侍りしは、かの聴聞の夜、御局《みつぼね》の内より、人の御覧じ知りて、さぶらふ女房を作り立てて出だし給ひて、「便よくは、言葉など懸けんものぞ。その有様参りて申せ。興あらん」とて、はかり給ひけるとぞ。）

釈尊《しやくそん》入滅の二月十五日に千本釈迦堂、すなわち大報恩寺《だいほうおんじ》での涅槃会《ねはんえ》を聴聞した夜、見知らぬ美しい女房に誘惑されたが、相手にならなかった、とします。そして後日、ある人が兼好の反応を試した企みであったことが明かされます。それが誰かは分かりませんが、局のうちにいるのだから相応の貴人であることは推察されます。

兼好は当夜、「顔深く隠して」参詣していたとあります。これは第6条に述べた通り、「裹頭」の姿です。私的な聴聞でしょうが、たまたま知己《ちき》の貴人が局で聴聞していた。そこからも座る「裹頭」が、兼好であることが容易に看取《かんしゅ》できたことになります。

自讃の最後の内容としては、これまでと少し毛色が違うと見られていて、古くは創作と疑われ「他の節とも全く調子のあはぬ嫌《いや》みなものである」と忌《い》み嫌われたほどですが、近年では「物語的展開と官能的な描写もあって七つの自賛の中ではもっとも臨場感があろう」などと評価するようです。ところが、「官能的」というところに引かれたか、あるいは「法体《ほったい》の遁世者となっている兼好に対する、ある方の悪戯《いたずら》とすれば、あまりにも度を越してひどすぎる」といった理由から、兼好の在俗期の経験とする見解が多いようです。しかし、在俗時代はほとんど関東にいたはずなので、遁世後のエピソードとしてよいと思います。

この条、たしかに収まりは悪いように見えますが、やはりかれが奉仕する人との関係でとらえるべき話ではないでしょうか。兼好は、「ある御所さま」の女房と雑談のついで、千本釈迦堂での振る舞いがその御所にも伝わっていたことを知りますが、そこではあえて分からないふりをしたわけです。この「ある御所さま」とは、その夜、いたずらをしかけた、「御局」のうちの人とは別人であり、おそらく上皇・女院《にょいん》、あるいは親王・門跡《もんぜき》であろうと思います。当時、女房は複数の勤務先を持つ兼参の例も多かったようですし、そのほか、いろいろな情報網が張り巡らされていたでしょう。兼好自身は京都のあちこちの権力者のもとに出入りし、それだけに自然と顔が知られていて、かつ身分の軽さゆえにこのようなからかい・悪戯の対象となっていたわけです。ひとつ対応を間違えば、たちまち複数の御所で悪い噂《うわさ》が飛び交い、立場を失う、という危険もあったでしょう。ユーモラスではありますが、その意味では、かれの置かれた立場を最もよく推察させる内容になっていると思います。

兼好の主人は誰か

七つの自讃は、無造作に脈絡もなく列ねられていると思われていましたが、そうではないようです。兼好その人の期待される役割に沿っているとすれば、馬術、儒学、音韻、書道、仏教といった知識を身につけ、これが実地に役立ったことになります。まさに「右筆」として、主人の代筆をしたり、さらにはさまざまなしきたりに不案内な主人の疑問に答え、手助けをする、そういう存在であったことが浮かび上がって来ます。

それではその主人とは誰でしょうか。徒然草ではその名を慎重に伏せていますが、常在光院が現れ、堀川具親・顕助僧正の名が露《あら》わになっている以上、兼好は金沢貞顕ないし嫡子貞将《さだゆき》のために働いていたと結論せざるを得ないと思います。貞顕が十三年にわたり京都に築いた人脈は貴重であり、帰東後も、これを維持する必要があったでしょう。

また、父の実績を買われてでしょう、貞将もまた正中《しょうちゅう》元年（一三二四）に上洛し、元徳《げんとく》二年（一三三〇）まで、六波羅探題を務めています。ちょうど、公武関係が緊張の度を増していった六年間であり、徒然草はこの直後に成立したことになっています。

そうすると、兼好の書いたものの最初の読者は、この金沢北条氏を中心とした交遊圏のうちにあったとしてよいでしょう。兼好は「裏頭」の姿で、公家・武家・寺家の境界を超えて活動し、京都の各所に出没していたのでしょう。

【もっと知りたい人へ】

この章段、兼好の伝記を考える上でも重要です。兼好の伝記については、新しく考え直しましたので、小川剛生『兼好法師——徒然草に記されなかった真実』（中公新書、中央公論新社、二〇一七年）を御覧ください。

徒然草は、中世都市・京都の文学とも言えます。その実像は、これも何となく抱いているイメージとはずいぶん異なります。桃崎有一郎『平安京はいらなかった――古代の夢を喰らう中世』（歴史文化ライブラリー、吉川弘文館、二〇一六年）があります。

第九章

源氏物語から徒然草へ――つれづれなる「浮舟」

宇治十帖への共感

最後に、徒然草《つれづれぐさ》と源氏物語《げんじものがたり》との関係について考えてみたいと思います。徒然草は、語《ご》彙《い》や発想において、この物語から多くを得ていて、その影響は無視できないからです。

長大な源氏物語は、しばしば三部に分けられます。第三部、第四二帖の匂宮《におうのみや》巻から最後の夢浮橋《ゆめのうきはし》巻までは、光源氏《ひかるげんじ》の子孫たちが主人公となっていることは御存知かと思います。さらに第四五帖の橋姫《はしひめ》巻からは俗に宇《う》治十帖《じじゆうじよう》と呼ばれますが、これは宇治が舞台となっているからです。

主要な登場人物に、光源氏の弟で「八宮《はちのみや》」と称された皇子がいます。政治的には不遇で、家庭も不幸で、老いて姫宮たちとともに宇治に隠棲《いんせい》していました。洛南《らくなん》の宇治は、公家《くげ》たちが別荘を営むところでしたが、もともとは、たとえば百人一首《ひやくにんいつしゆ》の喜《き》撰法師《せんほうし》の歌で知られる通り、隠者の住む里でした。八宮は「優婆塞《うばそく》」といわれる、在家《ざいけ》のまま修行に励む仏教信者となり、姫宮たちも父に共感してひっそりと暮らしていましたが、そこに、光源氏が晩年に儲《もう》けた男子の薫《かおる》（実は母の女三宮《さんのみや》が柏木《かしわぎ》と呼ばれる若い廷臣と密通して生んだ子）が八宮を慕って通って来るようになりました。宇治十帖は、暗い宿命を背負った薫が、三人いる姫宮それぞれと互いに惹《ひ》かれながら、さまざまな障碍《しょうがい》によって、遂《つい》に一緒になれない、厭世観《えんせいかん》を基調とする巻々です。

源氏物語にも、誰しもが読む巻とそうではない巻があります。現在、第一部・第二部に対して、宇治十帖は、続編のような扱いを受けています。長くて重いので、一般的な人気はないと思いますが、中世の人々は、この巻々に対し愛着を持っていたようです。それは八宮と姫宮たちの、つつましい暮らしぶりに対する共感であったと思います。その一人が兼好でした。若いときから、これらの巻々を愛読し、体に染み込んでいたのでは、と思えるほどです。

例を挙げたいと思います。

八宮が病没すると、遺《のこ》された姫君たちは泣く泣く葬儀を営みますが、零落《れいらく》した宮家ゆえ、しっかりした後見もおらず、これを支えたのは薫と、八宮が師事していた阿闍梨《あじゃり》（阿闍梨は師僧の称）です。第四七帖の総角《あげまき》巻の冒頭は一周忌の描写で、哀れ深いものです。

長年耳に馴れられた川風も、今年の秋は実にいたたまれず悲しく、父宮の一周忌の法要を準備される。おおよそ必要な事は、中納言殿《ちゅうなごんどの》（薫）と、阿闍梨がご奉仕なさった。こちらでは法服、御経の装飾、こまごまとした御支度を、女房が申し上げる通りに準備なさるのも、まことに頼りなくわびしく、「こうやって他人ながら親身な後援がなかったらどうなっていたか」と思われた。薫ご自身も参上なさり、今日を最後に服忌《ぶっき》を終わるお見舞いを丁寧に申し上げなさる。阿闍梨もここに参上していた。名香《みょうごう》の糸を乱れ散らし、「こうやって生きて来たことですよ」などと、お話しなさっている折であった。

糸を結び上げた糸繰り台が、御簾《みす》の端から、几帳《きちょう》の綻《ほころ》びを透かして見えたので、それと察し、「私の涙を玉にして糸に通して欲しい」と口になさったのは、あの女房歌人の伊勢《いせ》もこうであったろうと、興深く感じられるのだが、御簾の中の姫君たちは、心得たふうに返答されるのも憚《はばか》られ、「糸に縒《よ》るものではないのに」と、貫之《つらゆき》が旅の別れさえ、頼りない細い糸に寄せて詠《よ》んだというのも、なるほど古歌は人の心を晴らすよすがであったとお思い出しなさる。

（あまた年、耳馴れ給《たま》ひにし川風も、この秋はいとはしたなくもの悲しくて、御はての事いそがせ給ふ。大方のあるべかしき事どもは、中納言殿、阿闍梨などぞ仕うまつり給ひける。ここには法服のこと、経の飾、こまかなる御あつかひを、人の聞こゆるに従ひて営み給ふもいとものはかなくあはれに、かかるよその御後見なからましかば、と見えたり。みづからも参うで給ひて、今はと脱ぎ棄《す》て給ふほどの御とぶらひ浅からず聞こえ給ふ。阿闍梨もここに参れり。名香の糸ひき乱りて、「かくても経ぬる」など、うち語らひ給ふほどなりけり。

結びあげたるたたりの、簾《すだれ》のつまより几帳の綻びに透きて見えければ、その事と心得て、「わが涙をば玉にぬかなん」とうち誦じ給へる、伊勢の御もかくこそありけめ、とをかしく聞こゆるも、内の人は、聞き知り顔にさし答へ給はむもつつましくて、「ものとはなしに」とか、貫之がこの世ながらの別れをだに、心細き筋にひきかけけむを」など、げに古言ぞ人の心をのぶるたよりなりけるを思ひ出で給ふ。）

法事のため用意された、名香の糸（仏供《ぶく》の香を紙に包む五色の糸）が乱れて落ちていて、たたり（糸繰り台）が几帳に透けて見えたことから、薫は、「よりあはせてなくなる声を糸にしてわが涙をば玉にぬかなん」という伊勢（宇多《うだ》天皇の中宮《ちゅうぐう》に仕えた女房で古今集《こきんしゅう》の歌人）が、主人のために詠んだ哀傷の歌を口ずさみます。すると几帳のなかにいる姫君たちは、その意図を解しつつも、言葉に出すのも憚られて、さらに「ものとはなし」という古歌の一句を思い出し、まことにその通り、と共感するというのです。これは、紀貫之の、

糸によるものならなくにわかれぢの心ほそくもおもほゆるかな（古今集・羇旅・四一五）
（道は、縒り合わせる糸にするような、細いものではないのに、この別れの道は一際心細く思われるなあ）

という歌です（源氏物語では第二句「ものとはなし」ですが、古今集では「ものならなくに」

です)。詞書《ことばがき》に「東へまかりける時、道にてよめる」とあるので、旅に出て、親しい人を都に残してきたときの歌と分かります。

この歌、「糸が細い」と「心細い」では、シャレにもならぬ、つまらない喩《たと》えと言われてしまいがちなのですが、源氏物語に即していえば、姫宮たちの近くで、やはり細い糸を縒り合わせている作業をしているのですから、ただ一人の肉親と死別してしまった彼女たちの心情を思いやるのには、よく合致して、つまらないと思えた喩えも素敵に思えて来ます。効果的な引用と言えるでしょう。

和歌と源氏物語

ところで、兼好《けんこう》は一四段で、この貫之の和歌について、

紀貫之が「糸によるものならなくに」と詠んだ歌は、古今集のなかの最低の作品だとか言い伝えているが、それでも現代の歌人が詠めるような品格とは思えない。古今集の時代の歌は、スタイルも表現も、この手のものばかりである。どうしてこ

の歌に限ってかくも言い立てられるのか、分からない。源氏物語では「糸によるものとはなしに」と書いている。

（貫之が、「糸によるものならなくに」といへるは、古今集の中の歌屑《うたくづ》とかや言ひ伝へたれど、今の世の人の詠みぬべきことがらとは見えず。その世の歌には、姿・詞《ことば》、このたぐひのみ多し。この歌に限りてかく言ひたてられたるも、知りがたし。源氏物語には、「ものとはなしに」とぞ書ける。）

と述べました。この一四段は、徒然草では唯一、和歌について正面から論じた長い段なのですが、歌人の歌論としてはあまり見るべき内容がありません。

この引用でも、貫之の歌が古来評価が低いために反論を試みようとしていますが、それも「何にしても、昔の人の和歌は、たとえそのうちのゴミであっても、現代人の作品よりは優れている」といった、理由にもならない理由です。これでは頑迷な尚古《しょうこ》思想だと反感と憐憫《れんびん》を買うのがおちですが、ただ注意すべきは、最後に「源氏物語には「ものとはなしに」とぞ書ける」とわざわざ言及することです。何気ない注記に思えますし、うがっては知識をひけらかしたととる向きさえありますが、少なくとも兼好は、源氏物語の総角巻を耽読《たんどく》し、薫が口ずさむ場面を知悉《ちしつ》し共感していたからこそ、この歌をこれほど高く評価したに違いありません。実は、兼好の和歌に、

をしとおもふ心も糸にあらなくに涙玉ぬく袖のわかれ路（民部卿家褒貶和歌《みんぶきようけほうへんわか》・五「惜《ム》レ別《ヲ》恋」）

（あの貫之は「糸に縒《よ》るものではないのに人と別れる道では心細い」と詠んだが、後朝《きぬぎぬ》に人と別れる道では、名残惜しいと思う心も、糸ではないのに、玉のごとき涙を連ねていることだ。）

という作があります。「糸にあらなくに」とあって、貫之の歌を本歌取りした、と分かります。兼好は、その糸は袖の涙の玉を貫いている糸である、とさらに発展させますが、これは源氏物語に引用される「わが涙をば玉にぬかなん」を踏まえます。表現とイメー

ジとが重層しつつ美しく調和して「別れを惜しむ恋」という題意を満たしていますが、この歌は総角巻の冒頭場面への傾倒を、つよく窺《うかが》わせるものとなっています。

もう一つ、例を挙げます。正和《しょうわ》五年（一三一六）正月、兼好が当時出入りしていた堀《ほり》川《かわ》家の当主、内大臣具守《ないだいじんともまもり》（基具の子、具親の祖父）が没し、洛北岩倉《らくほくいわくら》の山荘に隣接した墓所に葬られます。翌春、兼好は具守を偲《しの》んで、延政門院一条《えんせいもんいんいちじょう》（後嵯峨院《ごさがいん》皇女延政門院に、一条という名で仕えた女房）とつぎのような和歌の贈答をします。

堀川のおほいまうちぎみを、いはくらの山荘にをさめたてまつりしに、又の春、そのわたりの蕨《わらび》をとりて、雨降る日申しつかはし侍《はべ》りし、（堀川の大臣様を、岩倉の山荘の墓所に埋葬申し上げて、翌年の春、その辺りの蕨を採り、雨降る日に申し送りました）

さわらびのもゆる山辺をきて見れば消えし煙の跡ぞかなしき（家集六七）

（早蕨《さわらび》が萌え出した、大臣様を埋葬した山のほとりに来てみると、あの日空に消えた火葬の煙の名残《なごり》が悲しく思い出されます）

返し　　　　　　　　　　　　　　延政門院一条

見るままに涙の雨ぞふりまさる消えし煙のあとのさわらび（同六八）

（大臣様を火葬にした山に生えた早蕨を見るにつれ雨のような涙が一層落ちることです）

「さわらび」には「さ藁火《わらび》」、「もゆる」は「萌《も》ゆる」と「燃ゆる」を掛詞《かけことば》とし、火葬の煙を暗示しています。しかし、この贈答は、宇治十帖の早蕨巻を踏まえています。八宮が没して忌みが明けた翌春、例の「宇治の阿闍梨」が、匂宮（明石《あかし》中宮の皇子で、光源氏の外孫に当たる好色な人物）との結婚が決まった中君に、和歌を贈るところです。

阿闍梨のもとから、「新年、いかがお過ごしですか。御祈禱《ごきとう》は、怠《おこた》りなく勤めております。今は、あなたお一人の事が気懸かりで祈念いたしております」などとあり、蕨や土筆《つくし》を風情ある籠に入れて、「これは童たちが献じましたお初穂です」といって贈ってきた。たいへんな悪筆で、和歌は、わざわざ改行してあった。

父上のためにと思って毎年の春に摘みましたので例年どおりの早蕨です
とある。一生懸命案じ出したらしい、と思われると、歌に込めた心も実に深く、通り一遍で実はそう深くも思っていないように見える言葉を、立派に愛想よく縦横に書かれる匂宮のお手紙より、ずっと心が惹《ひ》かれて、自然と涙もこぼれてくるので、返事をお書きになる。

この春は誰に見せましょうか。亡父の形見として摘んで下さった峰の早蕨を

(阿闍梨のもとより、「年あらたまりては、何ごとかおはしますらん。御祈禱はたゆみなく仕うまつり侍り。今は、一ところの御事をなむ、やすからず念じきこえさする」など聞こえて、蕨、つくづくし、をかしき籠《こ》に入れて、「これは童べの供養じて侍る初穂なり」とて奉れり。手はいとあしうて、歌は、わざとがましくひき放ちてぞ書きたる。

君にとてあまたの春をつみしかば常を忘れぬ初わらびなり

御前に詠み申さしめ給へ」とあり。大事と思ひまはして詠み出だしつらむ、と思

せば、歌の心ばへもいとあはれにて、なほざりに、さしも思さぬなめりと見ゆる言の葉をめでたく好ましげに書きつくし給へる人の御文よりは、こよなく目とまりて、涙もこぼるれば、返り事書かせ給ふ。

この春はたれにか見せむなき人のかたみにつめる峰のさわらび)

故人の亡き後、春に早蕨を摘んで、追悼《ついとう》の歌を贈る、という兼好の行為が、宇治の阿闍梨そのものであることに、いやでも気づかされます。和歌も似ていますが、もちろん意識するからでしょう。延政門院一条も、そして読者も、このことは理解しています。なお、この一条という女房は、これまで出自不明とされて来たのですが、故具守の娘であると考えてよいでしょう（実際には孫で養女になった人らしい）。

手習巻を思いながら

さて、このように宇治十帖の世界への、兼好の深い共感傾倒を追って来ると、注目されるのが、他でもない、徒然草の序段です。ここは原文を先に出します。

つれづれなるままに、日ぐらし、硯《すずり》にむかひて、心にうつりゆくよしなしごとを、そこはかとなく書きつくれば、あやしうこそものぐるほしけれ。

(無聊《ぶりょう》孤独《こどく》であるのに任せて、一日中、硯と向かい合って、心に浮かんでは消える他愛のない事柄を、とりとめもなく書きつけてみると、妙におかしな気分になってくる。)

徒然草全体の性格を見事に説明した、入口としての「序」にふさわしい文章です。しかし、このわずか七十字ほどの序段、分かったようでいて、分からないことだらけです。その最大の疑問が、冒頭の「つれづれ」です。「つれづれなるままに」とはどんな心の状態でしょうか。教科書には、たぶん「退屈で」「手持ちぶさた」「所在なさ」と説明してあるはずです。

もとより、ツレヅレグサといえば、いまは誰しも「徒然草」と書きます。だから「つれづれ」は「徒然」と同じ意か、ともお考えになるでしょう。たしかに漢語「徒然（トゼン）」という語は古くから使われていますが、これは「つれづれ」とは近いようでいて、やはり別の語です。また室町時代の写本では、題名をすべて「つれ〲種」などとしていて、「徒然草」の表記はまず見られません。江戸時代以後の板本になってこの表記が定着します。

この序段、私は、現代語訳する時、「無聊孤独で」としました。「無聊」とは、少し難しいですが、退屈ですることがない、の意です。しかし「無聊をかこつ」などといいますから、「その状態を楽しめない」というマイナスの感情がつきまといます。「孤独」はいうまでもありません。

このように訳したのにはいくつか理由があります。ひとつは「硯にむかひて」の一句があるからです。何でもない表現のように見えます。しかし、実はこの表現、用例は多くなく、それもほぼ一つの源泉——源氏物語第五三帖、手習《てならい》巻の文章から出ています。

宇治十帖も終局です。その場面を掲げてみましょう。

八宮の第三の姫宮「浮舟《うきふね》」は、誠実慎重な薫と、情熱的に言い寄る匂宮との間で悩み、遂に宇治川に身を投げてしまいます。

偶然、通りかかった某僧都《そうず》（比叡山《ひえいざん》の横川《よかわ》に住む設定。源信《げんしん》がモデルとされる）とその妹尼《いもうとあま》に助けられ、叡山のふもと、小野《おの》にある尼君たちの住まいへと連れて行かれますが、人事不省の状態で、僧都の祈禱《きとう》で、やっと恢復《かいふく》しても、周囲に自分の素性について明かすことなく、閉じ籠もる毎日を過ごします。そんな孤独のうちで、浮舟は出家を遂げます。ひたすら手習いごとに没頭し、何かを手すさびに書いています（もちろん巻名もここに因《ちな》みます）。

心のうちを他人に詳しく説明するようなことは、もともと上手でない方であるのに、ましてうちとけて事の経緯を説明するのにふさわしい人さえここにはいないので、ひたすら硯に向かって、思いの余る時は、手習のすさびだけを、精一杯の仕事として、書き付けられる。

（思ふことを人に言ひつづけん言の葉は、もとよりだにはかばかしからぬ身を、ま

いてなつかしうことわるべき人さへなければ、ただ硯に向ひて、思ひあまる折は、
手習をのみたけきことにて書き付け給ふ。）

ここに「硯にむかひて」という句が出て来ます。この物語のうちに置けば、たいへん印象的ではありませんか。世間との縁をすべて切り離し、浮舟は硯だけに向かって何かを書いているわけです。そして「つれづれ」は、彼女のように、なんらすべきことはなく、心中を語る相手もいない、という状態を考えてよいのだと思います。

兼好が序段を書いたとき、手習巻のこの一節を想起していたのは確実でしょう。そして宇治十帖への傾倒を思えば、兼好自身の心境も浮舟の心情に近いものであると、あるいは徒然草という作品もそういう生活の産物であると、説明しなくとも読者に伝えていることになるわけです。

たったこれだけの短い句のうちに、典拠を通じてこれだけの背景が読み取れること、どんなふうにお考えになるでしょうか。

典拠は学識を示すためのものではありません。直接に何万言を費やして説明するより、

有名な古典の一句を用いることで、その古典の内容を重ねて、文章は簡潔にしながら、奥行きを深くすることができます。そのことで、自分の言いたいことは当時の読者に最も効果的に伝わったのだと思います。しかも、含蓄《がんちく》は尽きることがありません。
そのためにも、なかなかできないことですが、古典の文章は、やはりゆっくりと、そして繰り返し読んで欲しいのです。いまはできなくとも結構です。大人になってもういちど読んでみれば必ず分かりますので。

【もっと知りたい人へ】
徒然草の「つれづれ」については、長い研究史があるのですが、川平敏文『徒然草――無常観を超えた魅力』(中公新書、中央公論新社、二〇二〇年)第一章「つれづれとは何か」が現在の到達点です。実は、ほんらいの「つれづれ」とは、孤独・寂寥《せきりょう》、「存在の欠如感」をあらわす語でした。それが次第に拡大され、退屈、つまり「行為の欠如感」をも意味するようになったとあります。少なくとも、「つれづれ」

とは、決して何かを楽しんでいる状態ではありません。

また徒然草と先行する古典との関係では、しばしば枕草子との関係が注目されますが、源氏物語との関係は、それ以上に重要です。専門書なのですが、稲田利徳『徒然草論』（笠間書院、二〇〇八年）「「徒然草」と「源氏物語」」が参考になります。また荒木浩『日本文学　二重の顔――〈成る〉ことの詩学へ』（阪大リーブル2、大阪大学出版会、二〇〇七年）があります。

ちくまプリマー新書 360
徒然草《つれづれぐさ》をよみなおす

二〇二〇年十月十日　初版第一刷発行

著者　小川剛生（おがわ・たけお）
装幀　クラフト・エヴィング商會
発行者　喜入冬子
発行所　株式会社筑摩書房
東京都台東区蔵前二－五－三　〒一一一－八七五五
電話番号　〇三－五六八七－二六〇一（代表）
印刷・製本　株式会社精興社

ISBN978-4-480-68385-4 C0295　Printed in Japan